一代作家论

中国当代作家论

谢有顺 主编

张立群／著

舒婷论

作家出版社

张立群

■ 1973年生于沈阳，文学博士。先后任职于辽宁大学、汕头大学，现为山东大学人文社会科学青岛研究院教授、博士生导师，辽宁大学兼职教授。主要研究方向为中国现当代文学，包括中国新诗与新诗理论、现当代作家传记与现代文学史料学。已出版个人专著十六部，在各类核心期刊上发表论文百余篇。另为中国现代文学馆客座研究员（2012—2013）、中国现代文学馆特邀研究员、辽宁文学院特邀评论家。

主编说明

自从到大学工作以后，就不时会有出版社约我写文学史。很多文学教授，都把写一部好的文学史当作毕生志业。我至今没有写，以后是否会写，也难说。不久前就有一份高等教育出版社的文学史合同在我案头，我犹豫了几天，最终还是没有签。曾有写文学史的学者说，他们对具体作家作品的研究，是以一个时代的文学批评成果为基础的，如果不参考这些成果，文学史就没办法写。

何以如此？因为很多学问做得好的学者，未必有艺术感觉，未必懂得鉴赏小说和诗歌。学问和审美不是一回事。举大家熟悉的胡适来说，他写了不少权威的考证《红楼梦》的文章，但对《红楼梦》的文学价值几乎没有感觉。胡适甚至认为，《红楼梦》的文学价值不如《儒林外史》，也不如《海上花列传》。胡适对知识的兴趣远大于他对审美的兴趣。

《文学理论》的作者韦勒克也认为，文学研究接近科学，更多是概念上的认识。但我觉得，审美的体验、"一个灵魂唤醒另一个灵魂"的精神创造同等重要。巴塔耶说，文学写作"意味着把人的思想、语言、幻想、情欲、探险、追求快乐、探索奥秘等等，推到极限"，这种灵魂的赤裸呈现，若没有审美理解，没有深层次的精神对话，你根本无法真正把握它。

可现在很多文学研究，其实缺少对作家的整体性把握。仅评一个作家的一部作品，或者是某一个阶段的作品，都不足以看出这个作家的重要特点。比如，很多人都做贾平凹小说的评论，但是很少涉及他的散文，这对于一个作家的理解就是不完整的。贾平凹的散文和他的小说一样重要。不久前阿来出了一本诗集，如果研究阿来的人不读他的诗，可能就不能有效理解他小说里面一些特殊的表达方式。于坚也是一个典型的例子。很多人只关注他的诗,其实他的散文、文论也独树一帜。许多批评家会写诗,他写批评文章的方式就会与人不同,因为他是一个诗人,诗歌与评论必然相互影响。

如果没有整体性理解一个作家的能力,就不可能把文学研究真正做好。

基于这一点,我觉得应该重识作家论的意义。无论是文学史书写,还是批评与创作之间的对话,重新强调作家论的意义都是有必要的。事实上,作家论始终是中国现代文学的一个宝贵传统,在1920—1930年代,作家论就已经卓有成就了。比如茅盾写的作家论,影响广泛。沈从文写的作家论,主要收在《沫沫集》里面,也非常好,甚至被认为是一种实验。中国现代文学研究界的许多著名学者都以作家论写作闻名。当代文学史上很多影响巨大的批评文章,也是作家论。只是,近年来在重知识过于重审美、重史论过于重个论的风习影响下,有越来越忽略作家论意义的趋势。

一个好作家就是一个广阔的世界,甚至他本身就构成一部简易的文学小史。当代文学作为一种正在发生的语言事实,要想真正理解它,必须建基于坚实的个案研究之上;离开了这个逻辑起点,任何的定论都是可疑的。

认真、细致的个案研究极富价值。

为此,作家出版社邀请我主编了这套规模宏大的作家论丛书。经过多次专家讨论,并广泛征求意见,选取了五十位左右最具代表性的作家作为研究对象,又分别邀约了五十位左右对这些作家素有研究的批评家作为丛书作者,分辑陆续推出。这些作者普遍年轻、锐利,常有新见,他们是以个案研究的方式介入当代文学现场,以作家论的形式为当代文学写史、立传。

我相信,以作家为主体的文学研究永远是有生命力的。

谢有顺

2018 年 4 月 3 日,广州

目录

绪　论

谁是舒婷？

　　舒婷，女，原名龚佩瑜。1952 年 5 月 18 日（农历四月二十五日）[①]生于福建漳州市石码镇，祖籍泉州。由于父母在当时参加了土改工作队，舒婷先被交由当地的渔婆奶养，后在四个月大的时候被外婆抱到厦门抚养[②]，"从小到大都生活在厦门"[③]。小学阶段舒婷一直在转读，1964 年考入厦门市第一中学，后由于特定的历史原因只上到初中二年级[④]。1969 年，舒婷下乡插队，经历人生重要转折。插队时期，舒婷开始试着动笔。1972

[①]　关于舒婷的生日，本文主要依据舒婷在《答某文学院问》中的"一九五二年农历四月二十五日"说法并据此推演其生日的公历时间为 1952 年 5 月 18 日。见《舒婷文集 2 · 梅在那山》，江苏文艺出版社 1997 年，第 313 页。

[②]　舒婷：《挽高裤管过河》，《舒婷文集 2 · 梅在那山》，江苏文艺出版社 1997 年，第 30 页。

[③]　舒婷：《答某文学院问》，《舒婷文集 2 · 梅在那山》，江苏文艺出版社 1997 年，第 313 页。

[④]　关于舒婷的学习经历，本文主要依据舒婷《木棉树下——我的中学时代》一文中的记叙，《舒婷散文》，长江文艺出版社 2012 年，第 26—32 页。

年，舒婷以自己姨母继女的身份（视为独生子女），被照顾回城当工人，先后在小铸石厂当过合同工，在建筑公司做过临时工，在水泥预制品厂、漂染厂、织布厂、灯泡厂多家工厂换过工作，当过宣传、统计、炉前工、讲解员、泥水匠[①]。1979年，舒婷开始以"舒婷"为名公开发表作品并逐渐成为"朦胧诗"的代表诗人之一。舒婷于1980年7月参加《诗刊》社举办的第一届"青春诗会"，同年调入福建省文联工作，从事专业创作。1983年，舒婷加入中国作家协会。现为福建省文联副主席、厦门市文联主席，中国作家协会第九届全国委员会委员。

舒婷是我国当代著名诗人之一，同时还是一位重要的散文家。其在广大读者中产生重要影响的作品有《致橡树》《祖国呵，我亲爱的祖国》《双桅船》《神女峰》等。主要作品集包括诗集《双桅船》（上海文艺出版社，1982）、《会唱歌的鸢尾花》（四川文艺出版社，1986）、《始祖鸟》（海峡文艺出版社，1992）、《舒婷的诗》（人民文学出版社，1994）；散文集《硬骨凌霄》（珠海出版社，1994）、《露珠里的"诗想"》（浙江文艺出版社，1998），以及《舒婷文集》（三卷本，江苏文艺出版社，1997）、《舒婷文集·珍藏版》（三卷本，长江文艺出版社，2012）等。其作品曾获中国作家协会第一届全国优秀新诗（诗集）奖、庄重文文学奖、第六届华语文学传媒大奖散文奖等奖项。现居厦门。

[①] 关于舒婷回城后至成为专业作家前的工作情况，本文主要依据舒婷的散文《一个人在途中》和《生活、书籍与诗——兼答读者来信》，《舒婷文集2·梅在那山》，江苏文艺出版社1997年，第188—194页、212页。

读书、交流与创作的两个园地

作为正式创作的"前奏"，舒婷的阅读可追溯至四岁时外祖父以儿歌的形式教其学习唐诗，而在幼时每夜为哄其上床睡觉，外祖母更是将《西游记》《三国演义》《聊斋志异》中的故事讲过无数遍。舒婷从小学三年级起开始阅读课外书。上初中时，舒婷的借书卡已全是长长的外国名字。结合舒婷在《生活、书籍与诗——兼答读者来信》等文中的介绍，舒婷在学生时代曾读过雨果、巴尔扎克、托尔斯泰、马克·吐温等国外名家名作，在插队时期曾读过普希金的诗、海涅的诗等，也曾"困难地"读过《美学简育》《柏拉图对话录》以及《安诺德美学评论》等关于美学、文艺理论方面的著述[①]。舒婷最喜欢的作品是巴乌斯托夫斯基的《金蔷薇》，曾"热恋它二十年"[②]。在插队期间，舒婷迷恋上诗歌，拼命抄诗。"那段时间我迷上了泰戈尔的散文诗和何其芳的《预言》，在我的笔记里，除了拜伦、密茨凯维支、济慈的作品，也有殷夫、朱自清、应修人的。……由于朋友们的强调，我还有意识地读了一些古典作品，最喜欢的是李清照和秦观的词，还有散文。"[③]从舒婷的"阅读记录"可

---

① 这样的文章，主要包括《生活、书籍与诗——兼答读者来信》《笔下囚投诉》等，具体见《舒婷文集 2·梅在那山》，江苏文艺出版社 1997 年，第 209—211 页、234 页。

② 见舒婷的《答某文学院问》和《诗文家人生十问》，《舒婷文集 2·梅在那山》，江苏文艺出版社 1997 年，第 314 页、316 页。

③ 舒婷：《生活、书籍与诗——兼答读者来信》，《舒婷文集 2·梅在那山》，江苏文艺出版社 1997 年，第 210—211 页。

知：舒婷的阅读是自幼开始，逐渐涉及古今中外的文学创作和相关著述。舒婷阅读量大、自学能力强、记忆力好，对语言文字有兴趣并很好地实现了训练的自觉化①，为其日后走上创作之路打下了坚实的基础。

与阅读相比，舒婷很早就在写作方面表现出自己的才能。"我的作文成绩一向很好。五年级时第一篇作文《故乡的一天》被当作范文评讲……初一作文比赛我得了一等奖"②。初中阶段，舒婷还曾响应班主任的号召给校报《万山红》投稿，发表了一首半文半白的五言短诗。这一切都预示着舒婷最终走上文学之路一直有其必然性和合理性。

舒婷于1969年插队期间开始试着动笔。除写诗之外，"那三年内，我每天写日记……另外是信"。写日记和写信就具体写作而言，对舒婷后来的散文创作有着重要的意义，但更为重要的同时也是最早为舒婷带来巨大声誉的显然是诗。"《寄杭城》是我已发表作品中年份最早的一首，但并不是我的第一首诗"。《寄杭城》写于1971年5月，发表于《福建文艺》1980年第1期，是舒婷现有的已发表作品中写作时间最早的一首。但显然，试笔阶段的舒婷还有更早的习作，只不过这些作品由于种种原因并未与读者见面。1974年至1975年是舒婷诗歌"最高产的时期"，同时也是其认为的"最幼稚的时期"③。舒婷在正式刊

① 舒婷：《生活、书籍与诗——兼答读者来信》，《舒婷文集2·梅在那山》，江苏文艺出版社1997年，第208页。

② 同上。

③ 舒婷：《答某文学院问》，《舒婷文集2·梅在那山》，江苏文艺出版社1997年，第314页。

物公开发表的第一首诗，是 1979 年 4 月在《诗刊》4 月号发表的《致橡树》（写于 1977 年 3 月 27 日）一诗，这首诗对于舒婷迅速登上文坛有着重要的意义，是其当之无愧的代表作。《致橡树》之后，舒婷还于 1979 年 7 月在《诗刊》上发表了在当时同样产生重要影响的《祖国呵，我亲爱的祖国》。舒婷在诗歌方面取得的成就引起了诗坛的广泛关注，除连续在《诗刊》推出有影响的作品之外，福建本省刊物《福建文艺》（后更名为《福建文学》）也于 1980 年 1 月刊出了由《船》《珠贝——大海的眼泪》《赠》《寄杭城》《秋夜送友》五首诗组成的舒婷诗辑之《心歌集》，并以舒婷作品为主要讨论对象开展了持续一年有余的"关于新诗创作问题的讨论"专栏。1981 年 11 月初，在将"一束《会唱歌的鸢尾花》装进信封，仔细旋好笔套"之后，舒婷想要"辍笔一段时间"，"但没想到这一停，竟停了三年"。[①] 不过，从这一时期作品发表和出版的情况来看，舒婷的创作仍保持着上升的势头。1982 年 2 月，舒婷的诗集《双桅船》作为"新诗丛"之一种由上海文艺出版社出版，该诗集于 1983 年 4 月获中国作家协会主办的全国优秀新诗（诗集）二等奖。于 1981 年 6 月创作的《神女峰》也在这一时期刊出并入选《诗刊》社编的《一九八二年诗选》（人民文学出版社，1983）。八十年代中期之后，重新提笔的舒婷虽在诗歌创作的数量上并未有明显减少，但由于种种主客观原因，没有诞生像之前那样引起广泛关注的作品。进入九十年代之后，舒婷基本停止了诗歌创作。

---

① 　舒婷：《以忧伤的明亮透彻沉默》，《舒婷文集 2·梅在那山》，江苏文艺出版社 1997 年，第 218 页。

舒婷曾将自己的文学履历简单归纳为两行——

　　一九七〇年——一九九〇年：写诗，偶尔客串散文。

　　一九九〇年——一九九六年：写散文随笔，只敢于
无声处想想诗。[1]

　　散文逐渐成为舒婷创作的重心绝非偶然：从舒婷自言三年
插队期间，每天写日记。"回城之前我把三厚本的日记烧了。侥
幸留下来的几张散页，后来发表在《榕树丛刊》散文第一辑
上。"[2]我们不难看出舒婷在散文方面也受过良好的训练并具有
良好的天赋。"曾经在诗的皇辇后隐约闪动布衣钗裙的散文，忽
然明眸皓齿向我频频招手。我原先只想经过她的柴扉时求一勺
水，不料竟就近结庐而栖。几年内，我有了四本散文集，在我
的文集里，它们竟成了重心。"舒婷于八十年代中期之后越来越
倾向于散文创作，在具体内容上主要包括一般意义上的散文和
文艺随笔两个主要部分。她在上文提到的"四本散文集"当指
《心烟》（上海文艺出版社，1988）、《硬骨凌霄》（珠海出版社，
1994）、《秋天的情绪》（中国华侨出版社，1995）、《你丢失了什
么》（吉林人民出版社，1996）。除上述作品集外，舒婷的散文
还包括《柏林：一根不发光的羽毛》（花城出版社，1999）、《Hi，
十七岁——和儿子一起逃学》（人民文学出版社，2001）、《真水

---

① 舒婷：《沦陷于文学》，《舒婷文集 2·梅在那山》，江苏文艺出版社 1997 年，
　　第 311—312 页。
② 舒婷：《生活、书籍与诗——兼答读者来信》，《舒婷文集 2·梅在那山》，江
　　苏文艺出版社 1997 年，第 210 页。

无香》（作家出版社，2007），等等。2008年4月，舒婷的散文集《真水无香》获第六届华语文学传媒大奖散文奖，可视为舒婷散文创作同样取得辉煌成就的重要标志。

值得补充的是，不断与文友交流，不断开阔视野、提高作品质量，促进作品的传播，也是舒婷成为当代著名诗人、散文家，形成两个创作上重要"园地"历程上不可或缺的环节，而且就具体情况来看，这一环节对于正式走上文坛之前、尚处于可称之为"潜在写作"阶段的舒婷来说，尤为重要。"一九七五年，由于几首流传辗转的诗，我认识了本省一位老诗人，我和他的友谊一直保持到今天。首先是他对艺术真诚而不倦的追求，其次是他对生活执著而不变的童心，使我尊敬和信任，哪怕遭到多少人的冷眼。他不厌其烦地抄诗给我，几乎是强迫我读了聂鲁达、波特莱尔的诗，同时又介绍了当代有代表性的译诗。从我保留下来的信件中，到处都可以找到他写的或抄的大段大段的诗评和议论。他的诗尤其令我感动，我承认我在很多地方深受他的影响。"①舒婷所言的老诗人，是指后来长期居住于福建的我国著名诗人蔡其矫（1918—2007）。蔡其矫与舒婷的这段交往在后来蔡其矫的传记和舒婷的回忆文章中曾多次出现。②在上述文字记录中，我们可以得出如下三点：第一，蔡其矫对于当

① 舒婷：《生活、书籍与诗——兼答读者来信》，《舒婷文集2·梅在那山》，江苏文艺出版社1997年，第214页。

② 蔡其矫的传记主要指王炳根：《少女万岁：诗人蔡其矫》，海峡文艺出版社2004年；王永志：《蔡其矫：诗坛西西弗》，海峡文艺出版社2018年。舒婷的回忆文章主要指《当我们坐在短墙剥枇杷》，原载于《香港文学》2007年4月号"诗人蔡其矫纪念特辑"，后收入李伟才主编：《永远的蔡其矫》，海峡文艺出版社2016年。

时尚处于起步阶段的舒婷给予写作上的指导，对舒婷后来的创作影响很大。这一点具体包括蔡其矫于1973年听到舒婷的名字，后看到黄碧沛寄来舒婷的《致大海》等几首诗，内心无法平静。蔡其矫与舒婷于1975年3月在厦门见面。在此后的通信中，蔡其矫不仅给舒婷寄去惠特曼、聂鲁达等人的作品，告诉她应该多读古典诗词，还将自己用于自我训练的诗歌翻译如埃利蒂斯的诗稿寄给她，这对舒婷写作上的成长起了很大的促进作用。第二，推荐舒婷的诗稿，促成舒婷诗歌名篇《致橡树》的诞生。强调女性独立、男女平等、两情相生相悦的《致橡树》毫无疑问是舒婷的代表作，后来曾被无数少男少女视为表达了理想的爱情并广为传诵。然而，这首最初写在一页三十二开的白纸上、正面写满写背面的经典之作，其最初的名字叫《橡树》，并没有前面的"致"字。是蔡其矫将诗带到北京，在北岛和艾青的肯定和建议下加上"致"字。[1]《致橡树》发表于《今天》创刊号上（1978年12月23日，同期发表的还有舒婷的诗《呵，母亲》），后发表于《诗刊》，成为经典之作，蔡其矫的引荐显然对其最后一稿的诞生起到了重要的作用。第三，"促成舒婷、北岛等南北青年诗人的订盟，对朦胧诗的整军成阵起到了不可忽视的作用"[2]。舒婷曾言："一九七七年我初读北岛的诗时，不啻受到一次八级地震。"北岛、江河、芒克、顾城、杨炼等的作品对舒婷的影响是巨大的，以至舒婷"在一九七八和一九七九年

---

① 王炳根：《少女万岁：诗人蔡其矫》，海峡文艺出版社2004年，第244—246页。此外，王永志的《蔡其矫：诗坛西西弗》也对此有近似的介绍，海峡文艺出版社2018年，第284—285页。

② 王永志：《蔡其矫：诗坛西西弗》，海峡文艺出版社2018年，第283页。

简直不敢动笔"①。同样的，1978年年底诞生的《今天》对舒婷的影响也被其称之为"最大"②。不过，舒婷在探索阶段的作品还是多次出现在《今天》之上，同时，她也和北岛等建立了联系。然而，这些交往与交流是由蔡其矫作为"中介"完成的。据北岛的回忆，北岛先与蔡其矫在艾青家相识，后由蔡其矫转而和舒婷建立联系——

> 《橡树》这首诗就是他转抄给艾青，艾青大为赞赏，又推荐给我。在蔡其矫引荐下，我和舒婷自1977年8月开始通信，她的《这也是一切》随意抄在信中，是对我的《一切》的答和。
>
> ……
>
> 舒婷加入《今天》文学团体，始作俑者蔡其矫。在他催促下，1979年秋舒婷第一次来到北京，与《今天》同人聚首。……
>
> 10月21日上午，《今天》在玉渊潭公园举办第二届露天朗诵会，蔡其矫和舒婷也来了。……朗诵者向这两位最早加盟《今天》的南方人致敬。与整个基调形成反差，他们的诗句让人想到黎明时分的热带雨林。③

---

① 舒婷：《生活、书籍与诗——兼答读者来信》，《舒婷文集2·梅在那山》，江苏文艺出版社1997年，第216页。

② 舒婷：《答某文学院问》，《舒婷文集2·梅在那山》，江苏文艺出版社1997年，第314页。

③ 北岛：《远行——献给蔡其矫》，《青灯》，生活·读书·新知三联书店2015年，第76页、82—83页。

从北岛的叙述中可知，对日后中国当代文学产生巨大影响的"朦胧诗"阵营的交往乃至形成，竟然是这样的过程。舒婷在正式登上文坛之前，诗友之间的交流、作品传阅的内容当然还有很多，限于篇幅，本文仅以她与蔡其矫以及由此引起的"关系链条"为例，其他方面不再一一赘述。

本文的结构

本文在结构上主要包括绪论、正文五章、结束语和附录，共四大部分。

"绪论"主要包括对舒婷生平的简要介绍，其阅读史、交往史和创作上两个主要方向的概括，以及对本文结构的基本概括，共三部分。

正文共分五章。其中，第一章"基本的主题"，主要以类型化的方式对舒婷诗歌主题予以阐释。具体包括"时代与社会：一代人的责任与使命""亲情、友情与思念""爱情与女性意识""个体的感悟与自我的书写"和"咏物、游历及其他"，共五部分。

第二章"艺术的特质"，主要分析舒婷诗歌的艺术特色。具体包括"古典诗词和西方诗歌精神的独特结合""意象的选择与'意象群'生成""诗质的纯净与'细部的明晰'""饱满而温和的抒情方式"，共四部分，且每部分在具体论述过程中都充分注意到其复杂化、立体化、综合化的艺术效果。

第三章"舒婷诗歌接受的历史化与经典化",主要从接受和传播的角度考察舒婷的诗歌创作。其在具体展开时包括"舒婷的创作与'朦胧诗化'""女性诗歌的开拓""舒婷诗歌的'经典化'探析",共三部分,每一部分在具体展开时都充分注意到舒婷诗歌在接受过程中的历史化过程,以及舒婷诗歌的文学史地位、价值的历史建构。

第四章"散文的世界"主要呈现舒婷在散文方面的成就。具体包括"斑驳的记忆""青春和爱情的履痕""写给儿子的爱之书""对话女性与朋友""文艺随笔""风俗、游记及其他"和"舒婷散文艺术初探"七部分,主要以主题到艺术的研讨逻辑,讲述舒婷散文的特点。

第五章"个案分析之《真水无香》",主要是对舒婷散文集《真水无香》进行作品分析,通过"'岛上'的风景与世界""一部自传和成长的记忆""款款深情的人物掠影""润物无声的艺术品质"共四方面的解读,得出《真水无香》诗意栖居中的恬淡情怀的结论,进而确认其是近年来难得一见的散文精品,在舒婷散文创作道路上具有重要地位。

附录部分包括"舒婷主要作品辑录"和"舒婷文学创作年表简编",可作为参考资料,应用于以后的舒婷研究之中。

第一章　基本的主题

"出自对优美汉语的沉迷和膜拜，我失足的第一口陷阱是诗。"[①]尽管，舒婷既写诗歌，又写散文，但从创作时间上来看，她却是从诗开始并以此闻名的。从现存的写于 1971 年 5 月的《寄杭城》，到 1997 年 4 月完成的长诗《最后的挽歌》，近三十年间舒婷共计写有诗歌作品一百六十三首（组诗和长诗均按照一首统计）。[②]如此多的数量和如此长的时间跨度，使我们在对其诗歌主题进行描述时只能采取类型化的归纳方式，并辅以历史化的视野，进而揭示舒婷创作观念和思想的构成与演进。

[①]　舒婷：《棉布时代的散文书写——在华语传媒大奖上的答谢词》，《舒婷随笔》，长江文艺出版社 2012 年，第 219 页。

[②]　这一数字统计主要依据六部诗集的收录情况而得出的：《双桅船》，上海文艺出版社 1982 年；《会唱歌的鸢尾花》，四川文艺出版社 1986 年；《始祖鸟》，海峡文艺出版社 1992 年；《舒婷的诗》，人民文学出版社 1994 年；《舒婷文集1·最后的挽歌》，江苏文艺出版社 1997 年；《舒婷诗精编》，长江文艺出版社 2014 年。

第一节　时代与社会：一代人的责任与使命

作为特定时代成长起来的诗人，舒婷的诗作显然会受到时代、社会以及此前主流诗歌创作的影响，进而折射时代、社会、文化的投影。这一点，就诗人自身的主体意识、介入诗歌的方式和角度来说，也是说得通的。是以，在舒婷的创作中，有明显的时代、社会与个体互动的关系。

诗意想象中的国家主题

这类主题可以舒婷的名篇《祖国呵，我亲爱的祖国》为例。《祖国呵，我亲爱的祖国》写于 1979 年 4 月[①]，最初发表于《诗刊》1979 年 7 月号，历来被视为舒婷的代表作之一。按照舒婷自己介绍的写作背景："我写《祖国呵，我亲爱的祖国》时正上夜班，我很想走到星空下，让凉风冷却一下滚烫的双颊，但不成，我不能离开流水线生产。"[②]也许，星空下的凉风拂面，让其联想到今日生活的不易，但身为青年女工自有自己的职责，

---

① 关于《祖国呵，我亲爱的祖国》，多部舒婷的作品集在篇尾的写作时间上均注明"1979 年 4 月"。而在阎月君、高岩、梁云、顾芳编选的《朦胧诗选》中，时间标注为"1979 年 4 月 20 日"（春风文艺出版社 1985 年，第 43 页）。另外，在由洪子诚、程光炜编选的《朦胧诗新编》中，篇尾的写作时间也注为"1979.4.20"（长江文艺出版社 2004 年，第 174 页）。鉴于两个时间还是有细微差别的，特此说明。

② 舒婷：《生活、书籍与诗——兼答读者来信》，《舒婷文集 2·梅在那山》，江苏文艺出版社 1997 年，第 215 页。

是以，她选择了"祖国"作为诗歌的题目与主题。

如果可以联系当代诗歌的发展轨迹，我们不难看出《祖国呵，我亲爱的祖国》与业已形成的当代诗歌历史之间的关联：使用大词、感情充沛，写一首献给祖国的光明赞歌……如果以这种带着明显历史惯性的逻辑解读《祖国呵，我亲爱的祖国》，自是没有任何问题并可以自圆其说。但舒婷反复将第一人称"我"嵌入诗行之中，则在很大程度上凸显了诗人的主体性。"我是你河边上破旧的老水车，／数百年来纺着疲惫的歌；／我是你额上熏黑的矿灯，／照你在历史的隧洞里蜗行摸索；／我是干瘪的稻穗；是失修的路基／……我是贫困。／我是悲哀。／我是你祖祖辈辈／痛苦的希望呵……"通过书写自己的渺小、贫瘠和悲哀来介入历史，进而与"祖国"即诗中的"你"对话，《祖国呵，我亲爱的祖国》读来真实、亲切、感人并具有深厚的历史感。鉴于舒婷曾阅读过大量古今中外的文学作品且此诗写于新时期之后，我们完全可以认为《祖国呵，我亲爱的祖国》中"我"之地位的提升，既与中国现代诗歌和国外诗歌资源相联，又与进入新时期的语境有关，而在此过程中，舒婷年轻、昂扬向上的心态以及真实的情感尤为值得关注——

> 我是你的十亿分之一，
>
> 是你九百六十万平方的总和；
>
> 你以伤痕累累的乳房
>
> 喂养了
>
> 迷惘的我、深思的我、沸腾的我；

那就从我的血肉之躯上

去取得

你的富饶、你的荣光、你的自由;

——祖国呵,

我亲爱的祖国!

"我"是"簇新的理想","我"新刷出的雪白的"起跑线","我"面前是"绯红的黎明"……从某种意义上说,《祖国呵,我亲爱的祖国》是新时期青年一代书写的新型"政治抒情诗",这里有激扬的情绪、绝对的自我,而每节结尾处"——祖国呵"的间接反复,不仅强化了这种艺术效果,而且还通过深情的呼唤深化了整首诗的主题。

时代的印痕和现实的直录

舒婷写于1973年至1976年的作品如《致大海》《海滨晨曲》《珠贝——大海的眼泪》《初春》《船》《悼——纪念一位被迫害致死的老诗人》,以及写于1980年前后的《遗产》《小窗之歌》《风暴过去之后——纪念"渤海2号"钻井船遇难的七十二名同志》等,都属于这种类型。作为遭受坎坷、受到挫折的一代,舒婷显然对于自己曾经经历的历史有着深刻的体验和感受。尽管这些诗篇就写作时间上看,仍处于"潜在写作"阶段,尽管就题材而言,它们只是简单的写景状物,但透过字里行间,我们却能读解出真切的时代记忆。以《致大海》为例——

傍晚的海岸夜一样冷清，

冷夜的巉岩死一般严峻。

从海岸到巉岩，

多么寂寞我的影；

从黄昏到夜阑。

多么骄傲我的心。

"自由的元素"呵，

任你是佯装的咆哮，

任你是虚伪的平静，

任你掳走过去的一切

一切的过去——

这个世界

有沉沦的痛苦，

也有苏醒的欢欣。

此处的书写就大海本身而言或许并无奇特之处，但问题的关键是如何从大海的具象中引出"我"以及由此可以再引申的抒情主人公与现实语境之间的"对峙"关系。"大海"是"变幻的生活"，而"生活"是"汹涌的海洋"，在不同时间中有着不同的面相。"危险的眼""贪婪的口"，大海和生活的海洋一样也可以吞噬一切。正如《海滨晨曲》中有"风暴"，《船》中的那只"小船"不知何故"倾斜地搁浅在／荒凉的礁岸上"，"风帆已经折断"，"难道飞翔的灵魂／将终身监禁在自由的门槛"？诗人总是自觉不自觉地将自己的体验、生活的压力和生命的焦虑融入简单的诗行之中，并和即将展开的"伤痕文学""反思文学"保持着内在的联系。它们是一首首抒情诗，但在现实性方面从未匮乏过！同样地，也正因为如此，在《诗刊》社举办"青春诗会"，在严辰老师号召写"渤海2号事件"时，舒婷竟然会一个小时即完成《风暴过去之后》①——拥有深刻历史记忆和对身边现实保持着敏锐感受力的诗人，对于这种实录性的写作，自然不觉得是什么难题！

启蒙、理想与反思

在不断"告别过去"的过程中，舒婷对于诗歌的认识也在不断深入。"痛苦，上升为同情别人的泪。早年那种渴望有所贡献，对真理隐隐约约的追求，对人生模模糊糊的关切，突然有了清晰的出路。我本能地意识到为人流泪是不够的，还得伸出手去。'如果你是火，我愿是炭'，当你发光时，我正在燃烧。鼓舞、扶植旁人，同时自己也获得支点和重心。一九七五年前后的作品基本上是这种思想。"②舒婷在多年后关于当时思想和写作状态的回顾，表明了其诗歌在主题思想层面上提升的可能。当历史进入二十世纪八十年代之后，过往的经验和苦难都可以看得清楚明白，因而诗人赞叹那些时代的开拓者和冒险者，并

① 舒婷：《寸草心》，《舒婷文集2·梅在那山》，江苏文艺出版社1997年，第229页。

② 舒婷：《生活、书籍与诗——兼答读者来信》，《舒婷文集2·梅在那山》，江苏文艺出版社1997年，第214页。

发出沉重的"一代人的呼声"——

　　为开拓心灵的处女地

　　走入禁区，也许——

　　就在那里牺牲

　　留下歪歪斜斜的脚印

　　给后来者

　　签署通行证

　　　　　　——《献给我的同代人》

　　不用对我们留下的历史猜谜；

　　为了祖国的这份空白，

　　为了民族的这段崎岖，

　　为了天空的纯洁

　　　　和道路的正直

　　我要求真理！

　　　　　　——《一代人的呼声》

不再申述个人的遭遇、错过的青春甚至是变形的灵魂，只是期待重新站立，用诗歌彰显人道主义、理想主义的光芒，进而记下前进者甚至是先锋的足迹，这是舒婷这一代人在写作上的必然选择。舒婷的诗因为面向未来、挥别过去、渴望自由而具有鲜明的启蒙意识和反思精神。这种思想不仅使舒婷的创作和八十年代文学精神与整体走向同步，而且还使其在展现责任感和使命感的同时，能够轻而易举地抓住压抑已久的一代青年人的心，引起强烈的共鸣。

第二节　亲情、友情与思念

亲情

这类诗主要包括《呵，母亲》《读给妈妈听的诗》《献给母亲的方尖碑》《怀念——奠外婆》《给二舅舅的家书》《履历表》《血缘的分流》等。结合舒婷的生平可知，她自幼由外祖母带大，由于家庭的原因，又使其与母亲有着超出一般的关系。是以，在其关于亲情的作品中，母亲、外祖母都占有重要的位置。她的《呵，母亲》《读给妈妈听的诗》《献给母亲的方尖碑》都是献给已逝的母亲的，这里有悔恨、想念和追忆，"现在我是多么后悔／如果我不睡着／凭青春和爱情的力量／能不能在黎明时把她夺回／让我在人心靠近泉源的地方"（《献给母亲的方尖碑》）；"我依旧珍藏着那鲜红的围巾／生怕浣洗会使它／失去你特有的温馨"（《呵，母亲》）。首首都可以作为"为母亲们／立一块朴素的方尖碑"。而对于外婆，她则反复使用"有一种怀念"。她曾在《履历表》中追溯自己的先人，曾在组诗《血缘的分流》中书写自己的家族史，而在这些诗行中，隐含着一个个远去的背影和永不消逝的亲情。

友情

　　这类作品主要包括《秋夜送友》《童话诗人——给 G.C.》《赠别》《兄弟，我在这儿》《四人行》《你们的名字》《老朋友阿西》《送友出国》《聪的羽绒衣》《好朋友》等。舒婷笔下的友情总是会和现实语境联系在一起。从写于 1975 年 11 月的《秋夜送友》开始，舒婷关于友情的主题总是有完整的叙述，交代故事的来龙去脉。如果数量可以代表主题的偏爱程度，舒婷在书写友情时喜爱选取"离别的场景"，并在叙述过程中表现人生的经历和友情的珍贵。"要是没有离别和重逢／要是不敢承担欢愉与悲痛／灵魂有什么意义／还叫什么人生"（《赠别》）。随着时代的发展，舒婷关于友情的诗篇也具有相应的色彩：《四人行》《送友出国》写给远赴异国他乡的朋友，那里有必然要承担的孤寂，"在异国他乡／当夜深人静／一支忧伤的低音喇叭／伴随终生"（《四人行》）；但远行同样寄予着理想和追寻的快乐，"只要有一刻是自由的／就让这一刻完满吧／或许追求了一生／仍然得从追求本身寻找／通过人生的凯旋门／有时自己并不知道"（《送友出国》）。因此，我们可以将离别理解为美好的祝愿。《童话诗人——给 G.C.》是舒婷写给诗人顾城的一首诗，也是舒婷为数不多的赠友之作。凭借着对顾城的了解，她写出了顾城人与诗的特质并有诚挚的祝福，而"童话诗人"四个字后来也成为形容顾城的绝佳称谓。

思念

　　思念或曰怀念主题，在书写亲情和友情时就已经开始了。当然，如果将"思念"独立作为一个主题，那么，它必然要和上述相关内容尽量区分开来，具有自己的"场域"。由此纵览舒婷的诗，所谓"思念"可以是《还乡》中游子的思乡之情，"仿佛已走了很远很远／谁知又回到最初出发的地方／纯洁的眼睛重像星辰升起／照耀我，如十年前一样"，不断远行又不断回溯；可以是《思念》中的遥不可及与憧憬中的"难题"，一面勾勒愿景，一面将其深藏于灵魂深处，"蓓蕾一般默默地等待，／夕阳一般遥遥地注目，／也许藏有一个重洋，／但流出来，只是两颗泪珠。／／呵，在心的远景里／在灵魂的深处"；可以是《日光岩》《旧宅》《故地重游》中往日熟悉场景的重温和记忆的浮现。但不论是旧日重现还是记忆中的还乡，其中都会有"一颗荒芜被遗忘的心／一首过时的流行歌曲"，有说不完的故事，只能在体验和写作中呈现。

第三节　爱情与女性意识

　　爱情是诗歌永恒的主题，这一点在舒婷笔下也不例外。从早期的《寄杭城》《致——》《春夜》《"我爱你"》《当你从我的窗下走过》，到成名作《致橡树》《双桅船》《神女峰》，再到《夏夜，在槐树下》《无题（1）》《无题（2）》《"勿忘我"》《会唱歌的鸢尾花》等，爱情主题在舒婷笔下反复出现，涉及多个场景、多种样态，令人读来心动。如果说《寄杭城》《致——》《春夜》《"我爱你"》《当你从我的窗下走过》更多地还停留在欲言又止、"你／我"对应结构，那么到《致橡树》《神女峰》《会唱歌的鸢尾花》，舒婷的爱情诗已开始大胆袒露心扉，探寻女性的独立意义和价值。不过，无论是爱的希望、相知、依恋还是懵懂的情绪、焦虑的等待，舒婷的爱情诗都充满着浪漫而纯洁、真挚的气息，并不时闪现出两情相悦时爱情至上的态度。

之所以强调相知、相悦，是因为"我愿是那顺帆的风／伴你浪迹四方……"（《春夜》）的前提是平等和发自心灵深处的"真爱"。长期以来，由于受到传统观念的影响，女性在爱情特别是婚姻中的依附地位、"弱势"位置往往使其失去自我，失去女性的独立。舒婷的爱情诗依然书写"相伴""理解""祝福"，但其显然不想失去女性的独立和应有的权利，因此，她的爱情诗就和后来成为八十年代中后期流行的女性写作不谋而合，并成为写作上的先导。

在《致橡树》中，舒婷写有——

我如果爱你——

绝不像攀援的凌霄花，

借你的高枝炫耀自己；

我如果爱你——

绝不学痴情的鸟儿，

为绿荫重复单调的歌曲；

也不止像泉源，

常年送来清凉的慰藉；

也不止像险峰，

增加你的高度，衬托你的威仪。

甚至日光。

甚至春雨。

不，这些都还不够！

我必须是你近旁的一株木棉，

作为树的形象和你站在一起。

根，紧握在地下，

叶，相触在云里。

每一阵风过，

我们都互相致意，

但没有人

听懂我们的言语。

你有你的铜枝铁干

像刀，像剑，

也像戟；

我有我红硕的花朵，

像沉重的叹息，

又像英勇的火炬。

我们分担寒潮、风雷、霹雳；

我们共享雾霭、流岚、虹霓，

仿佛永远分离，

却又终身相依。

这才是伟大的爱情，

坚贞就在这里：

爱——

不仅爱你伟岸的身躯，

也爱你坚持的位置，足下的土地。

　　《致橡树》的出现，与舒婷在鼓浪屿和一位"老诗人"（即蔡其矫）散步时谈及女性及对女性理解的不同有关。正如舒婷后来所言："从女性的目光看去，又有哪一个男人十全十美？花和蝶的关系是相悦，木和水的关系是互需，只有一棵树才能感受到另一棵树的体验，感受鸟们、阳光、春雨的给予。夜不能寐，于是有了《致橡树》。诗写好之后，有人告诉我木棉根本不可能和橡树并立，一在北一在南。当时的我并不以为然，我认为诗人有权利设计创造他自己的世界。"[1]不做攀援的藤本植物"凌霄花"，而要做有英雄树之称的"木棉"，与"你"并列在一起，这是《致橡树》最为令人称道之处。"你"有你的"枝干"，"我"有我的"花朵"，我们共同分担、共享，各有特点，相互平等。因为并行站立，所以"仿佛永远分离，／却又终身相依。／这才是伟大的爱情"。《致橡树》的出现一改以往女性在诗歌写作乃至文学创作中常常所处的"弱势"状态，强调女性在爱与

① 舒婷：《硬骨凌霄》，《舒婷文集3·凹凸手记》，江苏文艺出版社1997年，第129—130页。值得一提的是，这一经过在王炳根的《少女万岁：诗人蔡其矫》笔下得到人物的具体再现（海峡文艺出版社2004年，第243—245页）。

生活中的独立地位、与男性平等，是新时期以来同类题材诗歌的发端之作，同时也是精品之作，曾在读者群中产生重要的影响。尽管它出现后带来的"荣誉和困扰本身就是一株鼎盛时期的凌霄。人们将木棉与舒婷等同"[①]，但从另一方面讲，这本身就显示了读者对诗歌的认可。

与《致橡树》相比，写于 1981 年 6 月长江游历中的《神女峰》揭示了女性爱情中的"另一重主题"——

> 在向你挥舞的各色花帕中
>
> 是谁的手突然收回
>
> 紧紧捂住了自己的眼睛
>
> 当人们四散离去，谁
>
> 还站在船尾
>
> 衣裙漫飞，如翻涌不息的云
>
> 江涛
>
> 　　高一声
>
> 　　　低一声
>
>
> 美丽的梦留下美丽的忧伤
>
> 人间天上，代代相传
>
> 但是，心
>
> 真能变成石头吗

[①]　舒婷：《硬骨凌霄》，《舒婷文集 2·梅在那山》，江苏文艺出版社 1997 年，第130 页。

为眺望远天的杳鹤

而错过无数次春江月明

沿着江岸

金光菊和女贞子的洪流

正煽动新的背叛

  与其在悬崖上展览千年

  不如在爱人肩头痛哭一晚

也许，只是一个偶然的瞬间感悟，诗人以诗的方式重新解读了巫山神女峰的传说：巫山神女为中国古代神话传说之一，流传已久。相传巫山神女为炎帝之女，她美貌、多情、好憧憬，可惜未嫁而卒，葬于巫山。从屈原的《山鬼》、宋玉的《高唐赋》《神女赋》，再到唐代的李白、李贺、李商隐，历代书写巫山神女的诗不计其数，但大多是感叹神女的美貌，借神女礼赞心目中理想的女性。对爱情的向往、忠贞甚至化作石头千年守望自是值得称道，但站在不同的立场，得出的判断是不一样的，尤其是使用传统的男权价值观。爱需要满足，也需要一种现实，正因为如此，所谓"新的背叛"也就成了新的价值观外化的结果。

除上述作品之外，舒婷还有《惠安女子》等描绘女性形象的作品。拥有美丽而独特装束的惠安女子，勤劳、坚强，是封面和插图中的风景和传奇。"天生不爱倾诉苦难／并非苦难已经永远绝迹／当洞箫和琵琶在晚照中／唤醒普遍的忧伤／你把头巾一角轻轻咬在嘴里"，通过简单的叙述，舒婷既写出"惠安女子"的优秀品质，也写出了特定地域的民风民俗。

第四节　个体的感悟与自我的书写

这类主题主要指向舒婷的生命体验，同时也可以认为是留给舒婷自己的。以《这也是一切——答一位青年朋友的〈一切〉》为例，此诗是舒婷阅读北岛《一切》的结果，可作为后者的"应和"。北岛的《一切》共十四句，每句都以"一切"开头，表达了诗人断然的、决绝的态度。而在舒婷的诗中，多以"不是一切"开头，表达了诗人与北岛不同的态度。"不是一切火焰 / 都只燃烧自己 / 而不把别人照亮"；"不，不是一切 / 都像你说的那样！"对比北岛的《一切》，舒婷有明显的质疑、商榷的态度，而这些诗句自是舒婷结合自己的生活经验、感悟的结果。它们和之前引用的关于舒婷思想状态的"当你发光时，我正在燃烧。鼓舞、扶植旁人，同时自己也获得支点和重心。一九七五年前后的作品基本上是这种思想"是何其相似！（《生活、书籍与诗——兼答读者来信》）无论从生活经历，还是女性理解生活的态度，我们都能读出舒婷的"应和"诗要比北岛的《一切》舒缓、平和许多——

一切的现在都孕育着未来，

未来的一切都生长于它的昨天。

希望，而且为它斗争，

请把这一切放在你的肩上。

舒婷的诗考虑到了生活或曰"一切"的复杂性和多义性，多从
肯定和反复思考的方面讲述自己对生活的感悟。这自然使其诗
没有态度的紧张关系并透明了许多。结尾处的四行诗以哲理性
的思考为朋友提出希望，回归理想、光明、易于为人们理解的
主题，这恐怕也是相较于其他"朦胧诗人"，舒婷最早为读者和
官方刊物认可和接受的重要原因。

　　个体的感悟因为书写自我而很容易和自我形象的建构联系
在一起，并衍生出新的主题。当然，自我形象的建构需要一定
的参照系且在一定程度上是相对的。在著名的《双桅船》中，
诗人以"双桅船"与"岸"的关系写出了对于生存状态的理
解——

雾打湿了我的双翼

可风却不容我再迟疑

岸呵，心爱的岸

昨天刚刚和你告别

今天你又在这里

明天我们将在

另一个纬度相遇

是一场风暴、一盏灯

把我们联系在一起

是一场风暴、另一盏灯

使我们再分东西

不怕天涯海角

岂在朝朝夕夕

你在我的航程上

我在你的视线里

因为船与岸不断重逢又相遇的关系，将这首诗解读为一首爱情诗是可以说得通的。但从对应的关系来看，笔者更倾向于将其解读为卞之琳《断章》式的作品，即它揭示了宇宙间相对应的关系。通过船来表现岸，通过岸来表现船，你中有我、我中有你的关系源于不断分离和重逢，也受惠于分离和重逢。将"我"嵌入其中，化身"双桅船"之后，诗人写出了一只需要不断通过岸来印证的船。此时，个体的感悟和自我的书写是同时进行并完成的。

个体的感悟是心境与外部环境交流的结果，同时也是主体确证的前提条件。诗人为此曾不无诙谐地写下《自画像》，也曾通过自己熟悉的生活及场景写下另一个自我："但是奇怪 / 我唯独不能感觉到 / 我自己的存在 / 仿佛丛树与星群 / 或者由于习惯 / 或者由于悲哀 / 对本身已成的定局 / 再没有力量关怀"（《流水线》)，在颇有几分宿命感的叙述中，诗人道出了一种接受。而在《墙》与《享受宁静》等作品中，诗人又写出了反抗与叛逆和沉默的独处，这使舒婷在展现自我时有多样化的表现空间。

第五节　咏物、游历及其他

咏物

　　这类主题的诗主要包括《日光岩下的三角梅》《枫叶》《落叶》《群雕》《水杉》《始祖鸟》《滴水观音》等，其突出特点是从诗的标题上就可以大致看出诗人托物言志、通过对事物的咏叹表现某种人文思想的意图。

　　　　在历史的聚光灯下
　　　　由最粗糙的线条打凿出来的
　　　　这一群战士
　　　　本身便是
　　　　预言中年轻的神

　　　　　　　　　　——《群雕》

　　　　从何朝宗指间坠下
　　　　那一颗畅圆的智水
　　　　穿过千年，犹有
　　　　余温

　　　　　　　　　　——《滴水观音》

　　舒婷的一些咏物诗基本不出现第一人称"我"，而是将

"我"由物所得的情感、体验融入诗中，从而生发出个体的理解直至领悟出的哲理，此时，这些作品和个体的感悟有相通之处，但其从标题到诗中的意象是非常明确的"物"。

而在另外一部分作品中，舒婷的诗中出现了"我"——

我可以否认这片枫叶

否认它，如拒绝一种亲密

但从此以后，每逢风起

我总不由自主回过头

聆听你枝头上独立无依的颤栗

——《枫叶》

我不说

我再不必说我曾是你的同类

有一瞬间

那白亮的秘密击穿你

当我叹息着

突然借你的手　凋谢

——《水杉》

此时，由"我"表现"物"，还是以"物"表现"我"，是诗歌本身究竟可以划入"咏物"还是"个体感悟"的重要标志。尽管，无论以何为主、以谁为次，最终都是体现了诗人的情思，但由于以"物"为主时，其他场景、人物都处于陪衬地位，都是为了表现"物"的品格或是精神，并由此达到"咏物诗"的应有之义，是以，强调舒婷笔下的"咏物诗"的独立性还是必要的。

游历

例如《再见，柏林西》(组诗)、《西西里太阳》式的游历诗在舒婷创作中也占有一定比重。在这些作品中，舒婷记录了异域游历中的见闻，触及东西方文化的对比。由于心境的不同，舒婷的游历诗多自由、轻松，充满了洒脱的抒情与感怀："我们真正告别，是在出生的那一刻 / 再见，柏林西；再见，雷纳托！"(《再见，柏林西》之《代邮吉他女郎》)将对女孩和一个城市的告别，追溯至出生那一刻，离别似乎在瞬间找到了命运的依据。带着新奇的目光，诗人细心观察经历过的场景，并将最能引发诗人遐想的部分写入诗中，那里有"玛丽亚教堂音乐会"上巴赫的音乐，也有西西里岛美丽而独特的风光和领略风景时的感动："太阳还给西西里了 / 亲爱的，正是因为 / 这样远离你的炉火 / 我才如此接近你的梦想吗"(《西西里太阳》)。

鉴于已有的创作情况，舒婷诗歌的主题还可以结合一些具体的作品进行更为细致的分析，限于篇幅，此处不再一一赘述。值得补充的是，虽然我们以类型化的方式论述了舒婷诗歌的主题，但舒婷诗歌在主题呈现过程中往往不是单一的。如《珠贝——大海的眼泪》《船》《双桅船》等作品，我们既可以从"时代的印痕"的角度加以论述，也可以适度从咏物诗的角度加以解读；如那些关于亲情、友情的作品因为有"怀念""离别""追忆"而可以和"思念"的主题联系在一起。舒婷诗歌主题的多义性使其诗歌具有复杂的结构、复杂的内涵。这些特点与舒婷的成长经历有关，也与其特有的诗歌观念相联，并可以在分析其诗歌艺术特色中得到进一步的深化。

第二章 艺术的特质

　　舒婷是"朦胧诗人"中最早获得认可的诗人。1980 年年初,《福建文艺》(后更名为《福建文学》)就曾围绕她的创作进行过为期一年多的"关于新诗创作问题的讨论";她的名篇《祖国呵,我亲爱的祖国》曾入选"1979—1980 年全国中青年诗人优秀新诗获奖作品"。同时,舒婷也是"朦胧诗人"中最早出版诗集的诗人。1982 年 2 月,舒婷的诗集《双桅船》由上海文艺出版社出版,为"新诗丛"之一种,收有《致大海》《致橡树》《四月的黄昏》《祖国呵,我亲爱的祖国》等共四十七首诗。此诗集于 1983 年获中国作家协会第一届全国优秀新诗(诗集)奖。《致橡树》《祖国呵,我亲爱的祖国》为舒婷带来了巨大的声誉,在获得诗坛普遍认可之后不久就入选中学语文课本。时至今日,舒婷的作品仍是"朦胧诗人"乃至八十年代之后崛起于诗坛的当代诗人中作品普及度最高的。她的诗适于朗读与背诵,不仅影响了一代又一代读者,而且还常常作为精选篇目在诗歌朗诵会上被集体诵读,这些现象的存在,显然与舒婷诗歌的艺术性关系密切。

第一节　古典诗词和西方诗歌精神的独特结合

按照舒婷本人的叙述，她曾于 1986 年在上海金山参加了一场国际汉学会议，在参观图片展览之际，英国著名汉学家詹纳森曾主动和她谈起翻译诗歌，声言"我可以翻译其他男诗人的作品，却不能翻译你的。因为你的语言受中国古典文化的影响很深，那种气氛和内涵外国人是无法传递的"[①]。詹纳森的话引起了舒婷的反思，而在此之前，舒婷在国内受到的"最大的抨击"，便是"全盘西化""崇洋媚外"。在反思自己的阅读史和接受史中，舒婷认识到"古典诗词或者民歌，往往是我们汲取传统文化的第一口母乳"；而对于她个人，杜牧的《清明》是"我的第一首启蒙儿歌；李白的《静夜思》则成了我的幼年识字课本"。[②]说古典诗词对舒婷具有潜移默化的影响，绝非虚言，除了和所有人一样自幼诵读古诗词，受到前者的熏陶之外，初中阶段，舒婷第一次于校刊《万山红》上发表的作品就是一首五言诗，这也充分证明了舒婷创作的文化源头。随着年龄的增长和阅读视野的不断拓展，舒婷开始接触中国现当代文学作家作品和外国文学作品，这使舒婷的阅读积累可以划分为中国文学（古典和现当代）和外国文学两大领域，并为其后来走上文学之路奠定了坚实的基础。舒婷后来曾谈及中国文学对她产生的终其一生的

[①]　舒婷：《谁家玉笛暗飞声——为编选〈影响我一生的 200 首古典诗词〉序》，《舒婷随笔》，长江文艺出版社 2012 年，第 271 页。

[②]　同上。

影响："现当代文学和古典文学，对于我一生，或者我们一生的影响，孰重孰轻？因人而异，很难梳理明白。若是要在我们的身上检测'优雅汉语'的成分，多多少少都会把古典诗词的脐带给拉扯出来。'谁家玉笛暗飞声'，古典诗词的潜移默化，涓涓潺潺，积少成多，是我们平时想不起，终生扔不下的无形财富；是纯净的源头；是汉语的核心；是薪火相传的民族精神；是中国文明社会的基本构架。"① 这种影响不仅包括诗歌意境和艺术上的潜移默化，还包括语言的使用和汉民族文化的思维方式。

　　当然，完全通过诗句的辨认看待舒婷诗歌与古典诗词以及现当代文学之间的关联是牵强的。舒婷早已通过融合、转化的方式将上述资源内化于诗歌创作之中，她不是简单、机械地模仿，否则当代诗坛上不会有舒婷这样一个响亮的名字。但是，我们还是可以通过作品的气质、诗歌的想象方式发现舒婷诗歌与上述资源之间的关系：她的诗多有较为明显的"尚意"风格，意境朦胧；她的诗多再现送别、怀旧、相思等传统诗歌母题；她在《群雕》的结尾写有"预言中年轻的神"，很容易让人联想到何其芳的诗集《预言》……与接受古典诗词以及现当代文学的影响相比，舒婷受到西方诗歌影响这一点同样不应当忽视。"'文革'期间大量手抄普希金、雪莱、海涅、波特莱尔等的诗集。优美传神的翻译，是这些书籍吸引我的唯一原因。我高声朗诵《贝劳扬尼斯的故事》，是因为飞白的翻译那样铿锵悦耳，起伏澎湃；我热爱泰戈尔的《飞鸟集》，因为冰心把它翻译得韵

---

① 舒婷：《谁家玉笛暗飞声——为编选〈影响我一生的 200 首古典诗词〉序》，《舒婷随笔》，长江文艺出版社 2012 年，第 273 页。

味无穷"。而阅读外国文学究竟给舒婷的诗歌创作带来了什么呢？"课外阅读纯粹是兴趣使然，这样的悦读究竟影响了我什么？它们改变了我的血型吗？不，它们只是让我旁观（非参与）和设想（非体验）不同的时代观念、不同的生活方式、不同的心理过程，它们的载体仍然是我所依赖的母语。"① 通过翻译对外国文学资源的领受，舒婷得到的是西方文化的时代观念，而如果我们结合舒婷列举的诗人名字，就不难发现，舒婷更多学习的是西方浪漫派以来的诗歌创作，这使其得到的应当是包括人文精神、人道主义情怀在内的思想观念，而这一点，正是舒婷登临当代诗坛之际，当代诗歌创作所欠缺和匮乏的东西。

一面是古典诗词以及现当代文学的给养，一面是西方现代价值观的抒发，舒婷正是依据于此创作出了一种新形态的诗歌。"她是新诗潮最早的一位诗人，也是传统诗潮最后的一位诗人。她是沟，她更是桥，她体现诗的时代分野。把诗从外部世界的随意泛滥凝聚到人的情感风暴的核心，舒婷可能是一个开始。"② 谢冕这段简单的评述在很大程度上道出了舒婷诗歌在艺术上的典型意义。更倾向于浪漫派而又不失现代精神的舒婷，不同程度地继承东西方诗歌的优秀资源，进而凝聚、营造出一种新的风格。她的创作显然与"十七年诗歌"创作迥然有别，并与即将呈现波澜壮阔的八十年代中国文学的思想精神深度契合。她是传统诗潮向新诗潮过渡阶段最具代表性的诗人，她是

① 舒婷：《谁家玉笛暗飞声——为编选〈影响我一生的 200 首古典诗词〉序》，《舒婷随笔》，长江文艺出版社 2012 年，第 272 页。
② 谢冕：《舒婷》，《南方文坛》1988 年第 6 期。

东西方诗歌资源的成功继承者之一，她的诗歌拥有广泛的受众，传诵至今，正说明了这一点！

第二节　意象的选择与"意象群"生成

当以意象的选择和"意象群"生成的方式分析舒婷诗歌的艺术特色时，所谓"意象"更切近主题学中的意象一词。"比较文学中的意象主要是应用在主题学研究中，是具有某种特殊文化意蕴、文学意味的物象。它存在多种层次，可以是一种自然现象和客观存在，也可以是一种动植物，还可以是一种想象中的事物，等等。"[①]同一种意象在诗人作品中反复出现，形成"意象群"以及类型化、典型化的倾向，它们具有相同或相近的指向，充分反映了诗人的审美旨趣和艺术追求。

"海"及相关意象

"海"是舒婷诗歌中出现频率较高的意象之一。这一点可以理解为与其生活环境有关。舒婷自幼长于厦门，"海"是其生活的重要组成部分。她熟悉海边生活，自然也会因为熟悉海而将后者自觉或不自觉地写入诗中。"大海比你多了疆域／你比大海多了生命／今夜，你和大海合作／创造了歌声"，舒婷在《海的歌者》中的几行诗与其说是献给"海的歌者"，不如说就是其自

[①]　尹建民主编：《比较文学术语汇释》，北京师范大学出版社2011年，第421页。

身的写照。

"海"很早就成为舒婷诗歌书写的对象。从早年的《致大海》《海滨晨曲》《珠贝——大海的眼泪》，到稍后的《船》《向北方》《岛的梦》等，"海"及与其相关的意象总是在舒婷的笔下此起彼伏。如果说最早引起诗人蔡其矫注意的《致大海》中的诗句——

> 大海的日出
>
> 　　引起多少英雄由衷的赞叹；
>
> 大海的夕阳
>
> 　　招惹多少诗人温柔的怀想。

既以海上日出展现了礼赞英雄的情怀，又以海上日落写出了优美及可以引发的情思，那么，这些由大海引起的诗意想象显然是属于舒婷自身的。诗人通过描绘大海在不同时间的风景，不仅写出了人们观海的普遍感受和情感，而且还将"傍晚的海岸夜一样冷清，/冷夜的巉岩死一般严峻"和"从海岸到巉岩，/多么寂寞我的影；/从黄昏到夜阑，/多么骄傲我的心"紧密地联系在一起，进而通过具体的"象"实现了关于自我之"意"。而在《海滨晨曲》中——

> 一早我就奔向你呵，大海，
>
> 把我的心紧紧贴上你胸膛的风波……

昨夜梦里听见你召唤我，

像慈母呼唤久别的孩儿。

则写出了对大海的深情：这里既有实写，也有比喻。因为大海像慈母一样召唤"我"，"我"对大海有无限的依恋，所以才有后来"我"愿做"你呼唤自由的使者"，"让你的飓风把我炼成你的歌喉，/让你的狂涛把我塑成你的性格，/我决不犹豫，/决不后退，/决不发抖，/大海呵，请记住——/我是你忠实的女儿"！这样的"海滨晨曲"显然可以作为献给大海的赞歌，大海因"我"的融入而具有广阔的生命，"我"又因大海的存在而找到有力的依靠和参照……

　　"海"的浩大、波澜壮阔可以使其容纳很多事物，比如沙滩、风帆、波涛、贝壳、海岸、巉岩、小岛、礁石、小船、灯标等，都与"海"具有相关性。至于由此可以引申的是，大海意象也可以适度地深化与拓展。或是成为《向北方》中飘向远方的"温暖的海流"，或是成为《岛的梦》中的"候鸟的梦"，两者最终都指向了"漂泊"与"远方"的主题。或是如《双桅船》中的船与岸，如《礁石与灯标》中的"礁石"与"灯标"，建立一种对应关系和紧密的联系，而"海"就这样成为舒婷笔下重要的表意之象。

"季节"与"时分"

　　"季节"也是舒婷喜爱使用的"意象群"之一。在《初春》

中，诗人写道：

朋友，是春天了，

驱散忧愁，揩去泪水

向着太阳欢笑。

……

友人，让我们说，

春天之所以美好、富饶

因为它经过了最后的料峭。

带着一代人特有的记忆，"春天"是告别寒冷，万物复苏的季节。"春天"阳光明媚，预示着新的开始，应当驱散忧愁等内心的阴霾。"一旦惊雷起，/乌云便仓皇而逃，/那最美最好的梦呵，/许会在一夜间辉煌地来到！"春暖花开，一切都生机勃勃，舒婷用最简单的诗句，写下了关于"初春"的感受，但由于她刻意强调了"忧愁""泪水""乌云"这些相对于春天的具体的意象，所以，"春天"也就不再是简单的春天，而是在作为时代隐喻的同时成为美好、理想的憧憬。

或许正因为这一份美好，"春天"才会在承载理想甚至是梦想的同时在舒婷的笔下多次出现。《春夜》《惊蛰》《春雨绵绵》等多次将"春天"当作一个重要的"景观"，并因为其中具体内容的不同而有相应的指向。除"春天"外，舒婷还通过《夏夜，在槐树下……》《秋夜送友》《立秋年华》《读雪》等作品，书写过四季。而像系列小长诗《都市节气》更是以二十四节气为小题目，写出了当代都市生活中的人生百态。

与"季节"相同，"时分"也是舒婷笔下出现频率较高的语词。这里所言的"时分"不是具体的时间，而是如"黄昏""夜"等较为模糊的时间概念。以《黄昏星》《黄昏剪辑》《四月的黄昏》《黄昏》为例，"黄昏"给舒婷诗歌带来了宁静和潜滋暗长的怀想。"黄昏"与即将沉入的"夜"鳞次栉比，很容易让人陷入一种暧昧中的忧郁，为此，诗人或是以"星"来点亮黑暗："在黑暗中总有什么要亮起来。/ 凡亮起来的，/ 人们都把它叫做星。"（《黄昏剪辑》）或是以"歌唱"即"一组组绿色的旋律"来慰藉灵魂与记忆。而对于"夜"，诗人更多将其当作情感的温床，可以思索、可以让思绪尽情驰骋，也可以成为送别的语境，进而浮现于《春夜》《夜读》《秋夜送友》《夏夜，在槐树下……》等作品中。

行文至此，我们不难发现，"季节"和"时分"在舒婷的笔下经常是结合在一起的。从《四月的黄昏》到《春夜》《秋夜送友》《夏夜，在槐树下……》，"季节"和"时分"既让舒婷的诗拥有更为具体的语境，同时也让舒婷的诗可以分担相应的"资源"：也许"春夜"的送别会增添几分憧憬，而"秋夜"的送别则会增添几分惆怅，而就结果上看，两者的叠加为舒婷的诗歌增添了不同的格调和感情色彩。

"土地"及相关意象

"土地"意象究竟可以包含多少内容？也许是一个很难说

清的话题。"土地"可以像海洋一样广阔无边，可以包括许多相关的事物，都可能使其时而具体，时而模糊、泛化。在《土地情诗》中，舒婷将"土地"时而比作"沉默寡言的父亲"，时而视为"温柔多情的母亲"。而在此之外，"土地"还可以由"热乎乎""油浸浸""冰封的""泥泞的""龟裂的""忧愤的""宽厚的""严厉的""黑沉沉的""血汪汪的""白花花的"等各种关于状态、颜色的形容词去修饰、形容。"给我肤色和语言的土地 / 给我智慧和力量的土地"，"给我爱情和仇恨的土地 / 给我痛苦与欢乐的土地"，有其丰满、慷慨的一面，也有其寂寞、坎坷的一面，是以——

> 我的诗行是
>> 沙沙作响的相思树林
> 日夜向土地倾诉着
>> 永不变质的爱情

"土地"可以像"大海"一样唤起每一个人的挚爱之情。不仅如此，一旦我们深入"土地"，又可以因为特定的景物而生发新的情思。《故地重游》《在故乡的山岗上》与对故园的依恋有关，其中有离乡的际遇和返还的渴望；《远方》《鼓岭随想》与主人公的流浪、漂泊，追逐远方的梦想有关；至于如《神女峰》式的名篇，更是通过对具体景物的书写，寄托了诗人关于女性爱情和命运的思考……

结合舒婷崛起于诗坛的年代，我们还会发现，"土地"意象还可以生成文化意识并呈现出更为多元的形态。《祖国呵，我亲爱的祖国》正是通过寄予启蒙、反思和人文关怀，而将"土地"上升为"国家的主题"，其具体而抽象的意象选择使诗歌有穿越古今的文化视野。《再见，柏林西》（组诗）、《西西里太阳》等是舒婷游历所得，这里有异域风情，同时也自然带有跨文化的思考，这些现象都在说明"土地"是一个特定的角度，持续见证着诗歌与时代、文化、地理等之间复杂、多义的关系。

植物意象

植物也是舒婷笔下出现频率较高的意象。《落叶》《会唱歌的鸢尾花》《茑萝梦月》《致橡树》《日光岩下的三角梅》《仙人掌》《枫叶》《芒果树》《白柯》《水杉》《水仙》等，都因以植物为题或为主要书写对象而算作此类。鉴于有时舒婷直接以第一人称"我"来建立和植物之间的关系，如《落叶》中的"我突然觉得：我是一片落叶"，《致橡树》中的"我必须是你近旁的一株木棉，/作为树的形象和你站在一起"，而在另一些作品中，舒婷又以第二人称"你"的方式或是客观叙述的方式建立与植物之间的关联，如《日光岩下的三角梅》中的"呵，抬头是你/低头是你/闭上眼睛还是你/即使身在异乡他水/只要想起/日光岩下的三角梅/眼光便柔和如梦"，《水杉》中的"你曾有一个水杉的名字/和一个逆光逝去的季节"，我们可将舒婷书写植物的作品分为两大类别，一类是有"我"介入、化身植物的作品，一类是无"我"介入的近乎于咏物诗的作品。这两类作品在具体展开时当然还有更为复杂的形态，如第二类也可以有"我"介入，但此时的"我"不等同于植物本身，而是叙述视点。但无论怎样，植物意象的选择都在不同程度上反映了写作者的情思，而那种化身其中即上文提到的第一类，不过是更为直接，同时也更具抒情性而已。

通过植物意象的选择，舒婷借助意象本身表达了自己的"象中之意"：在《致橡树》中，"我"是木棉的化身，"绝不像攀援的凌霄花"其实是对依附者的否定，而"橡树"是"你"、男性"伟岸的身躯"的象征。舒婷后来曾在一篇散文中提到："诗写好之后，有人告诉我木棉根本不可能和橡树并立，一在北一在南。当时的我并不以为然，我认为诗人有权利设计创造他自己的世界。"①舒婷的看法在很大程度上契合了"意象"的内涵，即借助"象"来表达"意"，哪怕此时的"象"并不符合客观实际，但它却符合诗歌的逻辑，符合诗人在诗中要表达的一种真实。需要指出的是，为了更为生动、真实地表达这种"真实"，诗人在书写植物及其各种表现形态时，还是会尽力接近固有的真实，尽管这种努力也带有很大程度的主观成分。凌霄花、木棉、橡树如此，《落叶》中的"落叶"在隐喻和现实中多次转换也是这样，还有"会唱歌的鸢尾花"等，植物意象在舒婷诗中同样拥有相应的复杂性。

通过以上分析可以看到，舒婷笔下出现频率较高的意象以及由此构成的意象群，在总体上可以纳入"自然意象"体系。

① 舒婷：《硬骨凌霄》，《舒婷文集3·凹凸手记》，江苏文艺出版社1997年，第129—130页。

这种现象的出现结合舒婷的生活经历和写作履历来看并非偶然。舒婷受到中国古典诗词传统和西方诗歌人文关怀的影响，同时又不可避免地受到其现实生活所处时代、环境的影响，所以，她诗歌的意象选择在二十世纪八十年代其创作繁荣期是不太可能走出传统模式的，舒婷在九十年代的创作有很多涉及城市也可以从侧面证明这一点。同样的，舒婷笔下的这些意象及意象群绝大多数与舒婷生活中的所见所闻密切相关，并在整体上保持着一种积极向上的态度，也是舒婷创作观念和艺术追求的必然结果。总之，意象的选择与"意象群"的生成是舒婷诗歌艺术上值得关注的方面。它们虽可以被划分为多个类型并成为某种"意象群"，但实际上，它们相互结合、交织的方式是复杂的、多样的。正因为如此，舒婷的诗歌才具有丰富性、多义性的特质。舒婷诗歌中可以归类的意象还有一些，比如在《赠别》《在潮湿的小站上》等诗中与送别有关的"站台"等，此处限于篇幅，不再一一展开。

第三节　诗质的纯净与"细部的明晰"

舒婷历来被视为"朦胧诗"的主将之一，同时也是"朦胧诗"阵营中唯一的女诗人。如何理解"朦胧诗"的"朦胧"，本是见仁见智之事，但从当代诗歌史的发展进程来看，"朦胧诗"似乎有很多难以说清之处。但无论怎样，相较于其他"朦胧诗"的代表诗人，如北岛、顾城、杨炼、江河等，舒婷诗的"朦胧"

程度似乎并没有那么强烈，这种判断的出现，当然与舒婷诗歌艺术的构成方式有关。

基于一种比较的视点，舒婷的诗不是晦涩、艰深的，她的诗只是部分可以称之为"朦胧"，而更多的诗篇是可以进行清晰把握和理解的。她的诗当然也反映时代在写作上的投影，拥有一代人的历史记忆甚至是重负，但由于诗歌色调、意象、语言等表达方式的调配，其作品在具体阅读过程中一般不存在难以逾越的障碍。舒婷的诗在诗质上干净、纯洁、无杂质，和其不追求或曰不属于古奥、难懂的风格相辅相成，这既是其易于为读者接受、广泛传播的前提条件，同时也是其可以获得审美愉悦、真切感人的重要原因。舒婷总是将自己亲历过的场景和切身的体验生动地结合起来，进而和时代、个体发生共鸣。她的诗强调一种内心意义上的真实，用心书写，以情动人，因此第一人称"我"的出现频率较高，具有十分显著的浪漫主义色彩和理想主义情怀。她的诗生动再现了古典诗词传统在当代诗歌写作中的留存，没有生僻的字眼和怪诞的修辞，符合读者的阅读习惯。除此之外，她的诗叙述舒缓，注重诗歌整体层面上的画面感和综合效果，并在此过程中避开了写作和阅读意义上的紧张感和压迫感，实现了个体情感和理性思考的有机结合和平衡状态。

对于如何观察生活和表现生活，舒婷曾言："形式总是忽略，细部特别明晰。"[1] 按照常理判断，关注细部极有可能和她

---

[1] 舒婷：《答某文学院问》，《舒婷文集2·梅在那山》，江苏文艺出版社1997年，第314页。

的女性身份有关。但"细部特别明晰"是否同样影响到了舒婷的诗歌写作呢？结合舒婷诗歌的具体写作情况，我们可以发现，舒婷的诗很注意细节的把握尤其是细腻情感体验的表达。没有粗粝的语言，没有冷峻的色调，她注重词与词之间的搭配和连续性关系，并以此或是在简单与平凡中发现诗意，或是在复杂、琐碎的事物中提升富有哲理的思考，直至在营造诗歌整体性的同时实现其生动性和美感，这是舒婷诗歌艺术的另一个"秘密"。

为了实现"细部的明晰"，舒婷经常使用比喻、联想、象征和对应、类比等手法予以突出。此时，"细部的明晰"既包括表达意义上的"细节生动与真实"，也包括成文后文字"细节"上的精雕细琢。综观舒婷的创作，她总是习惯通过"我"之视点，引出事物或是以比拟的方式将"我"置身其中，营造某种"真实的客观"或曰可以触及的"景观"，然后通过层层深入或是放大镜的效果揭示"细节"的生动与真实。而在具体表达上，这种"细节"的生动与真实主要是通过细部的刻绘以及由此产生的诗意的延展完成的——

我的梦想是池塘的梦想

生存不仅映照天空

让周围的垂柳和紫云英

把我吸取干净吧

缘着树根我走向叶脉

凋谢于我并非悲伤

我表达了自己

我获得了生命

出于《馈赠》中的这几行诗，生动地展现了舒婷诗歌在细节上的讲究：八行诗中的三、四、五、六行也许在其他诗人笔下会省略，但舒婷却将其形象地写入诗中。"垂柳"和"紫云英"以及和"我"之间的吸取关系，都是为了说明第一、二和七、八句，同时也是为"馈赠"主题进行服务。不是抽象的说理，而是通过嵌入一个细部的勾勒及内在结构的分析，增强诗的表现力和艺术的真实性，以上所列四行诗深入到"过程"的纹理，如剖开皮肤看到流动的血管，其细致入微的书写是以形象的描摹解释与深化了诗歌的主题。

因为对"细节的明晰"的追求，舒婷不仅讲究遣词造句和局部的精雕细琢，而且还在结果上产生了拓展的效果——

我曾经是你的远方之一

在新编的地理版图上

我属于

那些不发光的岛屿

相传我是神秘的美人鱼

因为

我爱坐在礁石歌唱，而礁石

浮沉在

任性的波涛里

出于《远方》中九行诗的后五行就有上述倾向。作者借助美人鱼的传说，生动传神地补充了"我属于／那些不发光的岛屿"的诗句。按照神话传说，"美人鱼"上半身是美丽的女性，下半身为披着鳞片的美丽的鱼尾，整个躯体既富于诱惑性，又可以迅速入水逃逸。美人鱼美妙的声音具有极强的吸引力，同时也常常带有很大的欺骗性，因此，可以作为诱惑、美丽、欺骗和爱情的象征。《远方》将美人鱼引入诗中并说"我"是"神秘的美人鱼"，显然是将美人鱼和她的歌声视为会吸引观望的目光进而成为一种"远方"，此时，"我"是相对于"你"的远方神秘、美丽，但显然已融入爱情的元素或者说将"美人鱼"和她的歌声理解为爱的诱惑和爱的追求。通过"我"来突出这些"不发光的岛屿"其实是将一个局部或一个细节放大，并借助局部或细节的生动、逼真，使"不发光的岛屿"获得了生命力。末尾三行进一步推进镜头，让人联想到坐在礁石上的美人鱼时隐时现。"不发光的岛屿"一直有神秘的风景和美妙的歌声，令人神往；"任性的波涛"不过是与"礁石"之间形成了张力，但这种张力只是为了衬托细部，并由于自身的摇曳多姿为诗的主干赋予了动感和神秘色彩！

第四节　饱满而温和的抒情方式

就具体抒情方式而言，舒婷的诗情感饱满，对于祖国、人生的书写，她的情感多积极、昂扬、浓烈，对于爱情、土地、送别等的书写，她的情感多内敛为婉转低回、深沉曲折。阅读她的作品可以明显感受到浪漫主义的遗风，也可以感受到积极向上的人生态度和一位女诗人将真情实感贯注于诗行且情感细腻的特点。《祖国呵，我亲爱的祖国》格调高远，情感真挚又意气风发，其深情的呼唤会唤起一代人的共鸣；《致橡树》娓娓道来，温婉坚强，又有对女性和人生的独立思考；《神女峰》惊诧于瞬间的领悟，态度决然、立场鲜明……时而是积极向上的舒婷，时而是温婉感人的舒婷，其诗歌就情感基调而言可谓真挚饱满，在具体表达上又可以做到"哀而不伤"，而两者的叠加恰恰在很大程度上可以称之为"朦胧"。

如何实现这样的抒情，或者说舒婷诗歌抒情方式是怎样构成的？这显然与舒婷一贯的美学追求即"关键是动人——感动人"[1]有关，同时也与她在词语、句式等方面习惯的表达方式有关。

反复

"反复"是舒婷笔下出现最多的表现方式，同时也是其表达自己情感最为有效的形式之一。"反复"是一种修辞，根据表达的需要，让一个词语和句子反复出现，着重强调某种意义，突出某种情感，并因出现的位置不同而一般被划分为直接反复和间接反复两种主要表现形式。在《珠贝——大海的眼泪》中，

---

[1] 舒婷：《答某文学院问》，《舒婷文集 2·梅在那山》，江苏文艺出版社 1997 年，第 314 页。

诗人连续使用"无数"一词——

它是无数拥抱,

无数泣别,

无数悲喜中,

被抛弃的最崇高的诗节;

它是无数雾晨,

无数雨夜,

无数年代里

被遗忘的最和谐的音乐。

"无数"在此处是表示程度的修饰词,"无数"反复出现,突出了所要修饰的对象,强化了阅读的效果。不仅如此,"无数"也使描述对象"珠贝"生长的过程形象化、人格化了。而在名篇《祖国呵,我亲爱的祖国》中,舒婷更多使用的是间接反复,即"——祖国呵!"在每一节诗的结尾出现,犹如赤子的发自内心的呼唤。整首诗共分三节,每节结尾均以"——祖国呵!"收尾,而在最后一节的"——祖国呵!"加有"我亲爱的祖国",和诗的标题实现呼应。

除以上常见的"反复"外,在舒婷的诗中,还有"语义反复"和"句式反复"等较为特殊的形式。《珠贝——大海的眼泪》一诗的开头与结尾两节分别为——

在我微颤的手心里放下一粒珠贝,

仿佛大海滴下的鹅黄色的眼泪……

仿佛大海滴下的鹅黄色的眼泪，
在我微颤的手心里放下了一粒珠贝……

在《土地情诗》中，诗人又在开头和中间两节分别写道——

我爱土地，就像
爱我沉默寡言的父亲

我爱土地，就像
爱我温柔多情的母亲

两首诗所列部分内容并不完全一致，但就其语义而言，却实现了"反复"的效果，它们或是有"回环"的意味，或是在相同或相近的句式中，实现了内容的拓展并以此表达了诗人对所述对象的深挚感情。

而比之更加"极端"的是，在《也许？——答一位作者的寂寞》《这也是一切——答一位青年朋友的〈一切〉》中，诗人几乎每隔一行都或用"也许……"，或用"不是一切……"等句式，带动诗歌的叙述，这种句式上的"反复"，以近乎不可争辩的气势，表达了诗人的情感和对所要表达事物的深层次的认知。

对比与选择

对比是将矛盾的事物或者是事物的正反两面放在一起，突出所要表现事物的本质特征，从而加强文章的艺术效果和感染力。在《致大海》的结尾处，诗人写道——

> 这个世界
>
>   有沉沦的痛苦，
>
>   也有苏醒的欢欣。

通过对比特别是形式安排意义上的一种强调，诗人突出了对世界的理解。大海有暗夜里特有的宁静，也有苏醒时的兴奋甚至咆哮，这本是一种常态。但由"致大海"转为对"这个世界"的书写，尤其是在提及"自由的元素"和"任你是佯装的咆哮，/任你是虚伪的平静，/任你掳走过去的一切／一切的过去——"的前提下，《致大海》很容易成为诗人对于时代、现实的"隐喻"，她的理想、体验以及同时包含的无奈，都在这里得到强化。

与"对比"相关的是"选择"，或者说"对比"极有可能是"选择"的前提。在《神女峰》中——

> 与其在悬崖上展览千年
>
> 不如在爱人肩头痛哭一晚

因为关联词"与其……不如……"的使用，诗人显然完成了一种"选择"：前一句以"与其"引领，其实是对"悬崖上展览千年"的否定，后者以"不如"开启，在与前一句"对比"过程中表现诗人的观点。这是对千百年来理想女性形象的一次"反叛"，显示了当代人特有的务实的人生观和当代女性的爱情立场，自然会因为其怀疑和否定精神而升华主题，在表达自己强烈情感时带给读者前所未有的阅读体验。

转折

洪子诚曾在一篇分析舒婷诗歌的文章中指出："舒婷诗的语言的另一显明特点，是句式的特殊运用。给我们最为深刻的印象是，使用（或不使用）虚词所构成的转折、选择、虚拟等句式的大量出现。"[①] 的确，转折与选择等句式确实是舒婷借以传达情感的有效方式。在《船》《初春》《致——》《春夜》《呵，母亲》等作品中，诗人常常以"但""而""却""虽然"等转折连词加强语气，从而在上下文情境转换中表达自己的情感。

> 我知道你是渴求风暴的帆，
>
> 依依难舍养育你的海港。
>
> 但生活的狂涛终要把你托去，
>
> 呵，友人，
>
> 几时你不再画地自狱，

---

① 洪子诚：《诗的语言分析举例——之一：舒婷诗的句式》，《名作欣赏》1989年第 6 期。

心便同世界一样丰富宽广。

我愿是那顺帆的风
伴你浪迹四方……

出自《春夜》中的这几行诗就是这样，通过"但"的使用，将情感指向的对象"你"置于"生活的狂涛"之中，可能是由时代或现实的遭遇造成的"生活的狂涛"为接下来的叙述营造了一种"困境"。这是对前文正面叙述的一种转折，并为下文的叙述开启了空间。抒情主人公期待诗中的"你"要心胸广阔，勇敢而坦然地面对生活中的一切。而在此背后，是抒情主人公炙热的情感，无论怎样，"我"都会陪你"浪迹四方"——其实也包含了诗人对于生活困境同样认同的态度。就艺术效果来看，"但"的转折其实是对诗歌的叙述和情境的设置起到了近乎"承上启下"的艺术效果，它是"过渡"但不是顺承关系，而是在转折过程中为诗歌带来一波三折、曲折不平的艺术效果，而诗人所要表达的情感程度也由此获得了进一步的提升。

假设和设问、反问

假设和设问、反问句同样是舒婷用来增强诗歌感情的手段。在较早创作的《寄杭城》中，诗人就使用了"如果"，还有"那草尖上留存的露珠儿／是否已在空气中消散？""那江边默默的小亭子哟，／可还记得我们的心愿和向往？""榕树下，大桥旁，／

是谁还坐在那个老地方？"式的诗句。之后，在《船》《海滨晨曲》《群雕》《一代人的呼声》《"？。！"》《会唱歌的鸢尾花》《致——》《秋夜送友》《茑萝梦月》《致橡树》《礁石与灯标》等作品中，舒婷常常使用假设关系，此时其标志是使用了"如果""假如""即使"等关联词，设定情境并说出相应的结果，比如《致橡树》的开头："我如果爱你——/绝不像攀援的凌霄花，/借你的高枝炫耀自己；/我如果爱你——/绝不学痴情的鸟儿，/为绿荫重复单调的歌曲"。或是采用"？"作结，通过或自问自答或无疑而问来强调、加强语气。当然，有的诗句虽未加"？"，仍可通过"是否""谁""难道""什么"等词语的使用和上下文关系读出其是或设问或反问的关系。比如，在《秋夜送友》中，就有这样的句子——

什么时候老桩发新芽

摇落枯枝换来一树葱茏

什么时候大地春常在

安抚困倦的灵魂

无须再来去匆匆

不是通过外在的形式显示疑问关系，而是通过上下文关系来表达疑问，进而增强语气，深化内在的情感。

祈使

"祈使"也是舒婷诗中特别是其早期诗作中经常出现的句式。通过使用"让""请""愿"等词,诗人表达了需要、劝告、请求的语气(不包括祈使中的命令),进而奠定整行诗或是整首诗的情感基调。《海滨晨曲》中的"让你的飓风把我炼成你的歌喉,/让你的狂涛把我塑成你的性格",表达了诗人对成为大海的渴望,进而唱出真正的"海滨晨曲";《镌在底座上》中的"请表现你——/世世代代的希望和渴慕",既有希望,又有请求,和整首诗保持前后一致的基调;《心愿》中前三节,每节四行,每行都以"愿"开头,强化了诗人的"心愿"……

如果仅从句式上判定,祈使句式的结尾还应多有语气助词"啊""吧",同时就标点符号而言结尾应多为感叹号。舒婷的诗中也存在这样的现象(比如《礁石与灯标》等),只不过诗歌毕竟不同于一般意义上的陈述,是以,"祈使"是需要判断的,但无论怎样,它都加强了语气、突出了诗人"此刻的情感"!

通过上述句式等的使用,舒婷以更为饱满的感情进行了诗的书写。能够证明舒婷诗歌抒情方式的内容当然还有很多,但与证明其应用何种方式相比,明确舒婷诗歌抒情方式在构成方面的特点或许更为重要。正如在《一代人的呼声》《雨别》《双桅船》《神女峰》等作品中,我们可以看到上述几种方式往往出现在一首诗中,以综合的方式多方面、多角度抒发自己的情感,一直是舒婷偏爱的结构方式。带有走过沉重历史那一代人特有的经验,舒婷在新时期登临诗坛时其情感是如此饱满、充沛,这里既有青年一代渴望摆脱沉重记忆时特有的朝气，也与诗人的艺术积累和受到的传统影响有关。不过，无论怎样，我们都必须要注意到舒婷作为女性诗人之特定的身份。与同时期其他"朦胧诗人"不同的是，她的诗在具有饱满情感和相应抒情方式的同时，还有女性诗歌的特点：饱满而不失温和，激情而不失克制。这或许正是舒婷诗歌的过人之处！

第三章　舒婷诗歌接受的历史化与经典化

　　谈及文学史意义上作家的地位，显然是和他创作上最突出的成就紧密相关。按照这种逻辑，"文学史视野中的舒婷"主要应当强调其诗歌创作，毕竟，一提起舒婷，人们就会自觉不自觉地和诗歌特别是"朦胧诗"联系起来。不过，在另一方面，我们必须看到的是，舒婷的文学史地位在具体建构过程中包含的内容是多方面的，除了自身的努力之外，作品是否为广大读者接受，产生巨大的反响，以及诗歌出场的年代甚至是正反两方面的评价，都会成为影响舒婷文学史地位的重要因素。在本章中，我们正是试图通过"还原"舒婷诗歌与文学史的复杂关系，进而呈现其地位、价值及生成过程。

第一节　舒婷的创作与"朦胧诗化"

　　无论从怎样的角度评价舒婷的创作，"朦胧诗"的主将、核心诗人都成为无法绕开的话题。这一现象的出现不是偶然的，即使"朦胧诗"这一命名本身具有概念等诸多方面的问题。结合已有的诗歌史具体书写可知，舒婷一直被作为"朦胧诗人"加以对待。但显然，舒婷的被"朦胧诗化"具有自身独特的过程，至于如何认识这一生成过程，本身就可以成为研究舒婷诗歌创作的重要方面之一。

论争中的"朦胧诗"与舒婷

结合"朦胧诗"命名具体诞生的时间及其具体指向，舒婷与"朦胧诗"的关系可以从她与《今天》的关系甚至是更早阅读北岛等的诗歌谈起。正如后来很多人在谈论"朦胧诗"时更愿意使用"今天派"的概念，"朦胧诗"命名的不确切和民刊《今天》将后来引领新时期诗歌潮流的人集聚在一起、成为他们诗歌发表的重要园地并产生了重要影响，都使"今天派"在知识学理上更适合"朦胧诗"，但就传播和接受的具体效果而言，"朦胧诗"却由于种种原因而在受众方面远远大于后者并在相当长的时间内保持了这种状态。

舒婷与《今天》同人如北岛等的交往、参加活动和发表作品的情况，在"绪论"中已有简单介绍，此处不再赘述。由于舒婷和《今天》的关系，很容易使人们在考察其创作时将她与《今天》群落紧密联系在一起，这种逻辑就命名角度而言也并不让人感到意外。不过，结合二十世纪七十年代末诗歌阅读和传播的实际情况来看，我们应当更倾向于是一股"新诗潮"的涌动和一群年轻的歌者及其影响力，造成了研究者和读者将其纳入一个群体的结论。这个过程当然很复杂，既有来自诗歌本身的原因，也有来自外部的力量，并最终以实绩考量和归纳的方式完成其历史的定型。

之所以略显繁琐地追述"朦胧诗"前史与舒婷创作之间的关系，是因为"朦胧诗"的命名是在批评和争议中被人们认可的，而对于口耳相传的一代代读者来说，人们在谈及"朦胧诗"时，往往忽视其所指的特殊性和概念生成的复杂性。"朦胧诗"是文学史上一次非常奇特的命名，而其"奇特"之处就在于它的名字是来自一篇由反对者书写的批评文章——《令人气闷的"朦胧"》。自从作者章明将那些"有意无意地把诗写得十分晦涩、怪僻，叫人读了几遍也得不到一个明确的印象，似懂非懂，半懂不懂，甚至完全不懂，百思不得一解"的诗叫作"朦胧体"之后[①]，"朦胧诗"就在本属于贬义的层面上得到了确认。

"朦胧"，顾名思义，应当是指一种模糊、不清楚的状态。在中国古代传统的诗学理论中，朦胧与"含蓄"的风格相类似，但在传统诗学理论中并没有哪位诗论家将其作为单独的美学概念进行论述。进入二十世纪之后，随着象征主义诗学理论被逐步引入中国，"朦胧"就在穆木天、梁宗岱等诗歌理论家的笔下作为一个单独的"语汇"出现了，但一直很难从美学风格的角度上予以归纳。新时期较早使用"朦胧"一词指涉当时诗歌创作的是谢冕先生，他写于1980年的著名文章《在新的崛起面前》里就说："有的诗写得很朦胧，有的诗有过多的哀愁（不仅是淡淡的），有的诗有不无偏激的激愤，有的诗则让人看不懂。"[②]但这种描述式的评价似乎只是为"朦胧诗"的出场开了个头，提

---

① 章明：《令人气闷的"朦胧"》，《诗刊》1980年第8期。

② 谢冕：《在新的崛起面前》，《光明日报》1980年5月7日。

供了某种认知线索。而当《令人气闷的"朦胧"》一文出现后，"对上述一类的诗不用别的形容词，只用'朦胧'二字；这种诗体，也就姑且名之为'朦胧体'吧"①的论断，则使后来被称之为"朦胧诗"的一类创作具有了明确的命名指向，"因为争论的最初阶段，主要围绕艺术革新与阅读习惯、鉴赏心理之间的矛盾展开，'朦胧诗'的名称遂被广泛使用"②。

如果结合具体的发展过程，"朦胧诗"的出现还可以和公刘的《新的课题——从顾城同志的几首诗谈起》③，《福建文艺》（后更名为《福建文学》）从 1980 年年初开辟、持续一年多的以舒婷创作为主要讨论对象的"新诗创作问题"专栏，南宁召开的"全国诗歌讨论会"④，谢冕的《在新的崛起面前》，孙绍振的《新的美学原则在崛起》⑤，徐敬亚的《崛起的诗群——评我国诗歌的现代倾向》⑥等一系列争鸣文章和实践活动联系在一起。其中，上述列举的后三篇文章更是由于题目都带有"崛起"的字样而被称为"三个崛起"或曰"三次崛起论"。"崛起论"依次出现，既反映了当时诗坛所逐渐形成的新的诗学观，同时

---

① 章明：《令人气闷的"朦胧"》，《诗刊》1980 年第 8 期。

② 洪子诚：《〈朦胧诗新编〉序》，洪子诚、程光炜编选《朦胧诗新编》，长江文艺出版社 2004 年，第 5 页。

③ 公刘：《新的课题——从顾城同志的几首诗谈起》，《星星》1979 年 10 月复刊号，后为《文艺报》1980 年第 1 期转载。

④ 此次讨论会于 1980 年 4 月在南宁召开，会上出现了关于后来称为"朦胧诗"的创作的讨论。会后，谢冕将其发言整理发表，即为刊登于《光明日报》的《在新的崛起面前》。

⑤ 孙绍振：《新的美学原则在崛起》，《诗刊》1981 年第 3 期。

⑥ 徐敬亚：《崛起的诗群——评我国诗歌的现代倾向》，《当代文艺思潮》1983 年第 1 期。

又对这一时期的诗歌发展起到了推波助澜的作用。但它们激进的姿态，也招来了不同方面的激烈批评，进而引发围绕"朦胧诗"而展开的两次论争高潮。

1980 年，随着谢冕的《在新的崛起面前》和章明的《令人气闷的"朦胧"》分别于 5 月和 8 月在重要报刊上发表，围绕"朦胧诗"创作掀起了第一次论争的高潮。随着"朦胧诗"招致的批评和争鸣日益加深，终于使日后成为"朦胧诗"的写作者们有机会出来公开为自己的"行为"和"地位"进行辩护，在 1980 年年底《诗探索》创刊号上所发表的总题为《请听听我们的声音》的笔谈中，舒婷、江河、顾城等提出自己的主张，形象地说明了这股由青年诗人引领的创作潮流在当时诗坛受到的不平等对待。[①] 随后，就是由孙绍振撰写的《新的美学原则在崛起》在 1981 年 3 月的出现，不过，这篇文章的发表并没有唤起一些人的同情，相反倒是招致更为严厉的批评。1983 年年初，由青年诗人徐敬亚所写的《崛起的诗群》从现代主义的写作倾向上论述"朦胧诗"，掀起了论争的第二次高潮，但这次行为的结果却是全面否定"三个崛起"和波及全国范围的批判讨论会，加上 1983 年秋特定的政治氛围，讨论最终被纳入"精神清污"的行列当中，最后，徐敬亚不得不在 1984 年 3 月 5 日的《人民日报》上公开发表《时刻牢记社会主义的文艺方向》的检讨文章，批判才算告一段落。到这年年底，作为诗歌流派意义上的"朦胧诗"已宣告结束。

从以上所述可知，"朦胧诗"虽是一个并不科学的命名，但

---

① 《请听听我们的声音——青年诗人笔谈》，《诗探索》1980 年 12 月创刊号。

其在具体展开时却是一股新的诗歌浪潮，这也正是谢冕后来在回顾这段历史时使用了"新潮诗"①概念的原因。但无论使用怎样的命名，"朦胧诗"的意义都是深远的。它不仅推动了新时期以来中国当代诗歌的发展，而且也作为开路先锋对整个中国当代文学创作产生了深远的影响。

"朦胧诗"在创作和论争中向前发展，逐渐呈现其代表人物。如果只是着眼于争鸣出现的时间，那么，《福建文艺》从1980年年初开辟、持续一年多的以舒婷创作为主要讨论对象的"新诗创作问题"专栏，显然对舒婷成为"朦胧诗"或曰"新诗潮"的代表之一产生了重要的推动作用。自1980年1月号推出舒婷的诗辑之后，从2月的第2期开始，"新诗创作问题"专栏有孙绍振、刘登翰、杨匡汉、宋垒、雁翼、俞兆平以及杨炼、徐敬亚、梁小斌等数十位诗歌批评家、诗人参与讨论。就内容来看，讨论的起因虽就福建本省诗人舒婷创作的不同意见开始，但讨论很快就扩展到更大的领域。如刘登翰的《一股不可遏制的新诗潮——从舒婷的创作和争论谈起》中，就既有"对于舒婷作品的许多争论，在某种意义上甚至可以说，也是对于包括舒婷在内的一批勇于探索的青年诗人的争论"，也有"思想上的'叛逆'，必然地要带来对于某些僵化了的艺术观念和形式的叛逆。时代孕育了一股新的感情潮流，也一定要给这股感情潮流开拓一条新的渠道"。②这样的论断显然已和正在进行的关于

---

① 谢冕：《断裂与倾斜：蜕变期的投影——论新潮诗》，《文学评论》1985年第5期。

② 刘登翰：《一股不可遏制的新诗潮——从舒婷的创作和争论谈起》，《福建文艺》1980年第12期。

"朦胧诗"的论争结合在一起。

　　稍后于"新诗创作问题"专栏讨论的谢冕的《在新的崛起面前》和章明的《令人气闷的"朦胧"》，虽涉及"朦胧"，但在具体讨论对象上却有些模糊，如章明在文章中提及的《秋》和《海南情思》就分别出自诗人杜运燮和李小雨之手，与"今天派"没有关系。"朦胧诗"的论争在其初始阶段没有直接指向日后成为其代表人物的诗作，反映了其命名本身和其本义一样有很多模糊之处，同时也反映了"朦胧诗"是一股新的诗歌浪潮，代表着诗歌写作的新趋向。在之后的具有争鸣性的文章中，舒婷的名字曾被反复提及。如孙绍振在《新的美学原则在崛起》一文中，曾结合舒婷的《献给我的同代人》的诗句而提及"探索既是坚定的，不怕牺牲的，又是谦虚的，承认自己的脚步是孩子气的"[1]。大诗人艾青则在《从"朦胧诗"谈起》一文中，以舒婷的诗为例，言及其"《在潮湿的小站上》《车过园坂村》《无题》《相会》都是情诗，写得朦胧，出于羞涩"[2]。而在《崛起的诗群》一文中，徐敬亚更是将舒婷作为"新倾向的热烈追求者和倡导力量"[3]的一大批青年诗人的代表，进而和我国诗歌的现代倾向联系在一起。这些当时有争议的文章，对于舒婷的身份确认自然起到了重要作用。从舒婷写于 1980 年 12 月 7 日的《生活、书籍与诗》一文中提到的"现在常说的'看不懂''朦胧'或'晦涩'都是暂时的。人类向精神文明的进军

---

[1]　孙绍振：《新的美学原则在崛起》，《诗刊》1981 年第 3 期。

[2]　艾青：《从"朦胧诗"谈起》，《文汇报》1981 年 5 月 12 日。

[3]　徐敬亚：《崛起的诗群——评我国诗歌的现代倾向》，《当代文艺思潮》1983 年第 1 期。

绝不是辉煌的阅兵式。当口令发出'向左转走'时，排头把步子放小，排尾把步子加大，成整齐的扇面形前进。先行者是孤独的，他们往往没有留下姓名，'只留下歪歪斜斜的脚印，为后来者签署通行证'"[①]，我们大致可以推究舒婷本人或许并不在意甚至并不同意"朦胧诗"的阵营归属，但从结果上看，这并未左右"朦胧诗"在具体使用过程中，将其视为约定俗成的代表诗人，至于其后随之而来的问题也正是在这一基础上展开的。

由上述论证可知，在舒婷诗歌"朦胧化"的过程中，所谓评价的外力作用远远超过了诗人的自我认同。然而，历史的诡谲或许就在于评价的论调一旦形成，评价的体系和尺度也随之建立起来。尽管，以今天的眼光看来，围绕"朦胧诗""崛起论"而进行的论争，只是一个学术问题，而所谓"朦胧诗"的个人性、现代主义倾向也并非完全等同于与社会主义文艺方向发生背离，但如果从新时期文艺刚刚从"文革"的桎梏中摆脱出来的语境看，围绕"朦胧诗"产生的争论就不能简单视之了。从诸如郑伯农的《在"崛起"的声浪面前——对一种文艺思潮的剖析》等文章的评价尺度，徐敬亚因《崛起的诗群》一文而进行的检讨，以及"朦胧诗"在1983年、1984年间遭受的短暂的"精神清污"等现象来看，"朦胧诗"的问题必将影响到"归属"于其阵营的全部诗人。不但如此，在"朦胧诗"陷入"困境"的年代，"第三代诗人"踩着前代诗人的肩膀，蜂拥而起，在很大程度上也使"朦胧诗"的诸多问题尚未解决便匆匆成为

---

① 舒婷：《生活、书籍与诗》，刘禾编《持灯的使者》，广西师范大学出版社2009年，第134页。

历史，这样，舒婷诗歌的"朦胧诗化"也就呈现出众力合流但又极具"过场性"的历史效果。

诗集出版对"朦胧诗化"的自觉接受

与舒婷创作"朦胧诗化"的命名相比，八十年代以来诗集的出版也在很大程度上认同了这一观点。从1985年出版的《朦胧诗选》的编选情况可知，舒婷仅次于北岛的位置，以及入选二十九首诗的事实，使其当之无愧地成为"朦胧诗"的主将。"被称为'朦胧诗'的这一变革新诗的现象一经发生，诗坛旋即掀起一场广泛的、时间跨度很长的论战。由于艺术偏见的深刻和积习的沉重，加上种种复杂的非艺术因素的干扰，这一新的探求所遇到的艰难是难以想象的——前一时期甚至表现为人为的窒息……当所谓的'朦胧诗'处于逆境时，人们寻找这些材料也感到了困难。当时辽宁大学中文系四位同学阎月君、梁云、高岩、顾芳，在该校老师的支持下，编选印了《朦胧诗选》。这是当代新诗有特色的一个选本：它集中显示了新诗潮主要的组成部分的创作实力。诗选对这些有着大体相同的追求目标和在这一目标下表现了大致相近的创作倾向的诗人群，做了最初的总结与描写。入选者大都是此中艺术个性较突出、创作实绩较显著的。当这些诗歌受到形形色色的压力时，编者的举动无疑是无声的抗议与声援。时间过去了将及三年，如今当编者再度扩编她们的诗选，诗歌的发展又处于一个令人昂奋的转折点上。许多人都在这个'冬天里的春天'的美好季节中感受到了生活跃动的活力。"①应当说,在"朦胧诗"热潮刚刚退去,指责、论争之声尚未消歇之际,阎月君等人编选的《朦胧诗选》的出版,自然会因其鲜明的版本记录和材料整理意识,将"朦胧诗人"的名字镌刻在历史的纪念碑之上。

《朦胧诗选》之后,作家出版社编选的《五人诗选》于1986年12月出版,更是确立了北岛、舒婷、顾城、杨炼、江河五人为"朦胧诗"代表诗人的格局。《五人诗选》编选舒婷诗共十九首,有明显的多年后对舒婷诗歌创作"再确认"的倾向。而此时,"朦胧诗"的论争已经时过境迁,一股更为激进的诗歌浪潮已经掀起,"朦胧诗"也因为时间的延展而为广大读者和学界所接受。至2004年,在"朦胧诗"及其论争发生二十年之后,由洪子诚、程光炜编选的《朦胧诗新编》由长江文艺出版社出版。其中,收录舒婷诗作三十八首。在北大学者洪子诚教授所作的序言中,我们可以看到"朦胧诗"视野中舒婷的"定评"——"舒婷在70年代末认识了北方这群青年诗友之后,成为《今天》的撰稿者。舒婷那些处理'重大主题',并带有理性思辨特征的作品(《土地情诗》《这也是一切》《祖国呵,我亲爱的祖国》等)总是较为逊色。通过内心的映照来辐射外部世界,捕捉生活现象所激起的情感反应,写个人内心的秘密,探索人与人的情感联系:这些是她的独特之处。她的诗接续了中国新诗中表达个人内心细致情感的那一线索(这一线索在50—70年代受到压抑)。由于读者和诗界对浪漫派诗歌主题和艺术方

---

① 谢冕:《历史将证明价值——〈朦胧诗选〉序》,春风文艺出版社1985年,第6页。

法的熟稔，由于'文革'结束后社会普遍存在的对温情的渴望，比起其他的朦胧诗人来，她的诗更容易得到不同范围读者的欢迎，也最先得到'主流诗界'有限度的承认。诗的清新、单纯的外观下，蕴含着丰富的情感层次。她偏爱修饰性的词语，也大量使用假设、让步、转折等句式：这与曲折的内心情感的表达相关。"① 上述文字一方面在重释"朦胧诗"及其诞生过程中，概括了舒婷的"朦胧诗"特征，另一方面，则是编选者以"历史化"的方式，重新确认了"朦胧诗"之历史地位。从最初的《朦胧诗选》到如今的《朦胧诗新编》，尽管很多诗人由于历史的淘洗不再进入"今天的视野"，但舒婷始终从属于这一范畴却反映了某种历史认识可以持续的稳定程度。尽管，无论对于当年的《朦胧诗选》，还是如今的《朦胧诗新编》，《致橡树》《祖国呵，我亲爱的祖国》《神女峰》等作品都很难以"朦胧诗"的角度加以限定，但其可以重复"入选"却从很大程度上反映出经历了二十余年的沉积，无论是文学史的书写，还是作品的甄别、入选，舒婷的"朦胧诗人"身份及其作品的确认，都因传播、接受等原因，获得了相应的稳定性。而这一自觉接受过程，又在一定程度上增加了舒婷"朦胧诗"的经典化程度。

舒婷诗歌"朦胧化"的历史考辨

在回忆插队生活时，舒婷曾言："我拼命抄诗，这也是一种

---

① 洪子诚：《〈朦胧诗新编〉序》，洪子诚、程光炜编选《朦胧诗新编》，长江文艺出版社 2004 年，第 15 页。

训练。那段时间我迷上了泰戈尔的散文诗和何其芳的《预言》，在我的笔记里，除了拜伦、密茨凯维支、济慈的作品，也有殷夫、朱自清、应修人的。"[1] 这段话在一定程度上为我们认识舒婷的"朦胧诗"带来了某种新的视角。舒婷的诗究竟在怎样的程度上可称为"朦胧诗"？或许只有了解舒婷的诗歌底蕴及其艺术特征，我们才能对其做出较为准确的判断。

正如上文指出的那样，《祖国呵，我亲爱的祖国》等涉及重大题材的作品，并不是舒婷擅长的作品，而且，究其实质，也很难以"朦胧诗"的方式加以命名。事实上，在舒婷笔下，打动读者的往往是那些可以与读者之间发生"共振"的作品。由于舒婷的创作很明显受到三十年代现代派诗歌那种"中国古典＋西方象征"路数风格的影响，所以，在古典意识明显大于现代意识的文本倾向中，舒婷"中国化"的抒情，含蓄的风格，往往可以使其和自身的女性特点，以及南国故乡特有的风物意象结合起来。而在此过程中，西方现代诗赋予其诗歌的人性、人道主义精神又往往使其创作成为带有某种温情主义式的人性之歌。客观地讲，舒婷最为引人瞩目的诗歌应当是那些涉及爱情、女性等属于个人的作品，这种方式当然会使舒婷的诗带有一种"朦胧"的气质，但相对于现代主义诗歌的象征乃至艰深、晦涩，舒婷的"朦胧"却明显弱化了许多。

遍览舒婷八十年代的诗歌作品，其"朦胧"的程度很难与同一时期的北岛、顾城相比，而且，即使以其常常被指认为

---

[1] 舒婷：《生活、书籍与诗——兼答读者来信》，《舒婷文集 2·梅在那山》，江苏文艺出版社 1997 年，第 210—211 页。

"朦胧诗"代表篇章的《双桅船》为例加以分析,其——

　　　　雾打湿了我的双翼

　　　　可风却不容我再迟疑

　　　　岸啊,心爱的岸

　　　　昨天刚刚和你告别

　　　　今天你又在这里

　　　　明天我们将在

　　　　另一个纬度相遇

　　　　是一场风暴、一盏灯

　　　　把我们联系在一起

　　　　是另一场风暴、另一盏灯

　　　　使我们再分东西

　　　　不怕天涯海角

　　　　岂在朝朝夕夕

　　　　你在我的航程上

　　　　我在你的视线里

等诗行表达的深意,虽因"你""我"之间的互文关系,而可以
理解为爱情和哲理的交融,但就阅读的经验来看,却似乎也很
难以"读不懂"加以结论。这一点,如果联系批评者往往是从
现代文学走向当代文学历史的诗人实际来说,便不难从一种历
史比较中得出舒婷诗歌的"朦胧程度":与戴望舒、卞之琳、何

其芳这些活跃于三十年代的现代诗人相比，舒婷的"朦胧诗"很难承担"朦胧"之名。因而，对于舒婷"朦胧诗"的历史考辨，势必要从观念与认识的角度加以分析。

"人们已经习惯了详尽说明的'明白'的诗，他们把这视为诗的必然的和仅有的属性。人们也已经习惯了用诗来配合生活的这个或那个重大的政治性行动，他们把这视为诗的唯一的职能和目的。一旦新诗潮中涌现出不同于此的作品，他们便在那些扑朔迷离的意象迷宫中茫然失措，他们为'读不懂'而焦躁气闷。预示他们进而责备这些诗人对社会的不负责任。可以说，传统的诗观念与变革的诗观念彼此撞击而迸发出的火花，促使激动乃至引起愤怒。这当然不是由于误会，这是当代诗歌走上刻板和单调的模式之后，必然产生的观念上的冲撞。"① 从历史的角度来看，谢冕为《朦胧诗选》所作"序言"中的这段话，不失为理解舒婷创作"朦胧诗化"的一个佐证。而站立于今天的立场回顾当年的论争，"多年的'诗歌为政治服务'已经让很多人的艺术触觉变得钝化，但在更多的时候，则无疑只是一种框架于文本范围内的人为策略。时间的推移已经使人们清楚地看到有关'朦胧诗'的论争实质上还是一场争夺当时诗坛权力话语的论争"②，似乎也符合一种"历史后"或曰"后历史"的逻辑。

当然，舒婷的创作被"朦胧诗化"归根结底离不开其写作

---

① 谢冕：《历史将证明价值——〈朦胧诗选〉序》，春风文艺出版社 1985 年，第2—3 页。

② 张立群：《回首中的名与实——重读"朦胧诗"》，《海南大学学报》2004 年第6 期。

本身。舒婷在七十年代末、八十年代初初登诗坛，就引起了强烈的社会反响。她的年龄、令人耳目一新的创作和不凡的成绩，很容易引起诗坛的关注并将其纳入"新潮诗"的阵营之中。如果说"通过自己内心的折光来反映生活，追求意象的新鲜独特、联想的开阔奇丽，在简洁、含蓄、跳跃的形式中，对生活进行大容量的提炼、凝聚和变形，使之具有一定象征和哲理的意味"，是这批年轻的"探索者"们在诗歌艺术上的"主要特点"，"把人作为诗歌表现的核心"和"向社会的深入和向人的内心世界的深入"①是这股不可遏制的新诗潮带有自发性、自觉性的动力之源，那么，"新潮诗"之所以会产生如此大的影响主要还在于他们以探索和实践的精神，告别了此前的历史，开辟了诗歌的新纪元并与整个时代保持同步，立于当时文学前沿创作的潮头。鉴于"朦胧诗"是一次诗歌浪潮的统称且对此前的诗歌创作有明显的超越态势，有多少代表诗人就可以存有多少不同的创作表象，所以，其成员的确定在总体风格保持一致的前提下从未压抑过独立的个性。对比其他"朦胧诗人"如北岛、顾城、杨炼、江河，舒婷的诗风显得"更为明朗"，也因此更容易为人所接受，这一点从接受的角度上看，可以成为她被列入"朦胧诗"阵营的另一重要的客观原因。

综上所述，"朦胧诗"的命名以及舒婷诗人身份的定位，充分反映了新时期文学转型阶段新旧两种文学观念、文学评判标准之间的冲突。舒婷是"朦胧诗"的主将但具体作品并不十分

①　刘登翰：《一股不可遏制的新诗潮——从舒婷的创作和争论谈起》，《福建文艺》1980 年第 12 期。

"朦胧"，恰恰说明新时期的诗歌与此前诗歌存在着巨大的"裂隙"。作为一种"过渡型"的诗歌潮流，"朦胧诗"因其开拓性的实践获得了来自正反两方面的"品评"与"确证"。这对于包括舒婷在内的诗人来说，当然是幸运的，但同时又不可避免地带有误读倾向。但无论怎样，"朦胧诗"已成为概括舒婷诗歌的一个挥之不去的历史性称谓，这种概括作为一种文字记录将长期传承下去，而"朦胧诗"的外部评价大于其内在写作、历史意义远远大于其诗学价值和意义的秘密也正在于此。

第二节 女性诗歌的开拓

对于本节要谈及的女性诗歌而言，性别意识无疑是重新解读舒婷诗歌的重要线索。客观地讲，几千年来的中国诗歌史上虽然也曾闪现过几位灿烂女诗人的名字，但漫长的诗歌史最终告诉我们的却是诗歌似乎只是男人的世界。这一情况，即使对于新诗而言也概莫能外。从历史的发展来看，上述局面一直延续到新时期到来之前。七十年代末八十年代初，伴随着思想解放的潮流，中国女性的自我意识觉醒了。在这一前提下，以舒婷为代表的一大批女诗人的出现预示着女性诗歌春天的到来。只不过，在结合历史实际之后，我们不难发现，上述结论，同样经历了历史化的过程。

女性诗歌视野下的舒婷

以性别作为诗歌史的分类方式，主要是基于女性诗人在新时期以来创作中渐成声势、取得突出成绩的事实。不过，这里所使用的"女性诗歌"，并不是一个较为严格意义上的概念。尽管，在许多时候和部分研究者那里，"女性诗歌"就等同于女诗人的诗，但从严格意义上说，"女性诗歌"的突出表征应为女诗人在具体写作中呈现出的鲜明的"女性意识"和"性别经验"。因而，并不是所有的女诗人创作，都可以归入这一范畴。以最早于八十年代使用"女性诗歌"概念的唐晓渡文章为例："女性诗人所先天居于的这种劣势构成了其命运的一部分，而真正的'女性诗歌'正是在反抗和应对这种命运的过程中形成的。追求个性解放以打破传统的女性道德规范，摈弃社会所长期分派的某种既定角色，只是其初步的意识形态；回到和深入女性自身，基于独特的生命体验所获具的人性深度而建立起全面的自主自立意识，才是其充分实现。真正的'女性诗歌'不仅意味着对被男性成见所长期遮蔽的别一世界的揭示，而且意味着已成的世界秩序被重新阐释和重新创造的可能。"①但显然，鉴于诗歌史以往的实践及其具体过程，"女性诗歌"在使用过程中往往是较为宽泛的。

"1979年到1980年之交，舒婷的出现，像一只燕子，预

---

① 唐晓渡：《女性诗歌：从黑夜到白昼——读翟永明的组诗〈女人〉》，《唐晓渡诗学论集》，中国社会科学出版社2001年，第209—210页。

示着女性诗歌春天的到来。"①批评家吴思敬对于舒婷"女性诗歌"的定位，在一定程度上有"重写""重读"的意味。在"朦胧诗"作为流行概念屡试不爽的年代，包括文学史研究以及大量的批评文字很早就开始从女性的角度看待舒婷的创作。显然，无论从性别角度，还是从具体的诗歌表现，舒婷有别于北岛、顾城、杨炼、江河的创作甚或最早为"主流诗坛"认可，都与其诗歌具有鲜明的女性意识有关。当然，客观地讲，包括"女性诗歌""女性意识"以及"女性主义"等概念的应用，同样也具有特定的文化背景和接受的视野。一般而言，随着八十年代改革开放促使东西方文化频繁交流，西方的女性主义思潮以及大量女性创作，都以译介的方式传入本土。进入九十年代之后，随着全球化文化语境的形成，女性主义理论已日益为当代中国的理论家所认识、接受并自觉应用于研究之中。在以回溯的视角审视历史之后，女性主义以及相关理论的应用正逐步为丰富文学的认识注入活力。相比较而言，现当代文学因其语言、形式以及历史的原因，往往成为理论应用的主要对象。在此过程中，新时期以来的文学由于告别沉重的历史和天然的近距离又往往获得了相对的便利条件。在这种意义上，"女性诗歌"的出现既体现了鲜明的理论意识，同时，又体现了理论不断向文学内部深入的实践意识。这样，作为新时期新诗潮的代表人物，舒婷从"朦胧诗"阵营进入"女性诗歌"阵营进而引领潮头就不再"偶然"：在经历多年认识的汰变之后，还有谁能像舒婷一样可以以两种身份出现并成为各自阵营的代表人物呢？上述定

---

① 吴思敬：《舒婷：呼唤女性诗歌的春天》，《文艺争鸣》2000年第1期。

位不但生动地反映了批评的新趋向，同时，也体现了诗人及其作品在延续与认识过程中的丰富性与历史感。

讴歌女性的独立人格

从某种意义上说，新时期女性文学主要体现为"文革"复苏后的渐成阵势，并在走向广阔的现实生活中凸现自身的性别意识。当然，作为一个历史的过程，女性独立意识的彰显，往往是通过裹挟在更为显著的文学浪潮中闪现光辉的。以舒婷的创作为例，所谓"讴歌女性的独立人格"就是对其创作进行"另一身份"的"找寻"。

爱情历来是文学创作永恒的主题。但相对于女性作家而言，由于其生理特征、心理特征和男性为中心之社会结构的潜在影响，女性常常在爱情生活中体现为一种观念上的依附倾向，进而导致女性个性意识的淹没。因此，对于女性来说，其自我的实现首先就在于如何独立地把握命运，进而在反叛传统观念的过程中，发出自己的声音。写于1977年的《致橡树》是舒婷发出女性呼唤的重要作品，这首诗生动地体现了舒婷的爱情观，同时，也可以视为新时期女性人格独立的宣言。针对传统意义上伦常思想所包含的夫荣妻贵、夫唱妇随等观念，舒婷借用"攀援的凌霄花"和"痴情的鸟儿"来隐喻那些缺乏独立人格的女性，同时，对于那些依附于男性、借助爱情抬高自己的做法也持否定的态度。在诗人看来，真正的爱情应当是"我必须是你近旁的一株木棉，/作为树的形象和你站在一起"。这种爱情观的核心是男女建立在身份和地位平等上的一次"对话"：男女双方各自保持着自己人格的独立，互相尊重；女性不再是一个简单的"陪衬"，而是在保持自身独立的过程中实现性别的平等。舒婷在《致橡树》中表达的爱情观无疑体现了新时期女性意识的觉醒和张扬，而且，更为可贵的是，舒婷笔下的性别虽肇始于自我独立，但独立的目的却并不是强调某种对抗意识。正如在《致橡树》的结尾，舒婷曾以"我们都互相致意"的方式写道——

　　　　我们分担寒潮、风雷、霹雳；
　　　　我们共享雾霭、流岚、虹霓，
　　　　仿佛永远分离，
　　　　却又终身相依。
　　　　这才是伟大的爱情，
　　　　坚贞就在这里：
　　　　爱——
　　　　不仅爱你伟岸的身躯，
　　　　也爱你坚持的位置，
　　　　足下的土地。

应当说，这种从"自我"到和谐与共的认识确实可以称之为"伟大的爱情"。在相互爱恋、相互分享快乐与艰难的前提下，舒婷笔下的抒情主人公呈现出一种超越"传统"的现代意识：爱情不但要坚贞不渝，同样还包括超越简单依附关系后的相互鼓励、认同直至相濡以沫。

如果说《致橡树》仅是一部女性人格独立的宣言，那么，《神女峰》则是目光投向历史观念重压下女性命运的结果。相对于特殊年代结束后普遍拥有的历史感受，舒婷的此类作品总是以全新的视角、青年题材以及自然景物的升华和再现来唤起读者的心灵共鸣，而大量使用假设、转折等句式，曲折表达内心的感情和女性特有的细致入微也为写作增添了真实、生动的情感色彩。神女峰坐落在长江巫峡，一向是历代文人作为女性坚贞化身而礼赞的形象。然而，在舒婷之前，从未有人从女性命运的角度揭示这一神话传说的悲剧意识。诗人航行于巫峡，面对千百年来被人称赞的神女峰，回想代代相传的美丽传说，忽然产生了难以掩饰的伤感——"美丽的梦留下美丽的忧伤／人间天上，代代相传／但是，心／真能变成石头吗／为眺望远天的杳鹤／而错过无数次春江月明"。显然，舒婷在这里以感叹的口吻质疑着"心真能变成石头吗？"的传说。在诗人看来，化为石头的神女曾错过"无数次春江月明"，而那为前人反复赞扬的磐石般的坚贞，也不过是"美丽的梦留下美丽的忧伤"。经过千百年的流传，神女峰的传说已经为封建道德礼教所束缚，进而成为男权思想塑造出来的女性偶像。因此，诗人在为神女流逝的青春而感到无比惋惜之余，饱含深情地写道——

沿着江岸

金光菊和女贞子的洪流

正煽动新的背叛

与其在悬崖上展览千年

不如在爱人肩头痛哭一晚

借助"金光菊和女贞子的洪流",诗人期待一种"新的背叛"——在悬崖上展览千年,虽然可以作为封建礼教与男权主义的祭品而为人称赞,但却永远得不到生命的欢乐。这是发自生命本真的呼唤,同时,也是对人性自由的呼唤。在一个新时期的女性看来,做一个有血有肉、享有生命真实体验的人,远比一座石头偶像要真实、自由许多。何况,所谓背叛也是在女贞子的洪流下促成的,这说明舒婷的思考与叛逆更多是有理有节地指向了传统礼教中那种"他者"和"被看"的层面,她需要的是女性属于自我的生命体验。在后来一篇关于女性命运的散文《女祠的阴影》中,舒婷曾进一步发挥《神女峰》中的批判精神:"去年在安徽歙县牌坊群,参观全国唯一的女性祠堂。里面供奉无非是贞女节妇,是《列女传》的注释与续篇罢。……从'五四'反封建至今,八十年过去了。我们对女性的奉献、牺牲、大义大仁大勇精神除了赞美褒扬之外,是否常常记住还要替她们惋惜、愤怒,并且援助鼓励她们寻找自我的同时,也发扬一下男性自己的民主意识和奉献牺牲精神?"[1] 由此对照《神女峰》,便不难理解其作为女性诗歌文本的价值和意义。在这首诗中,宣扬礼教的古老神话被解构,女性生命因洋溢青春气息而变得鲜活,在对传统男权观念彻底叛逆之后,一种全新的现代

---

[1] 舒婷:《女祠的阴影》,《舒婷文集3·凹凸手记》,江苏文艺出版社1997年,第85页。

女性意识得以充分地张扬。

与上述作品气质一脉相承的，舒婷还有《惠安女子》等深切关怀中国当代女性命运的作品。至 1981 年，舒婷创作了长诗《会唱歌的鸢尾花》。这是一首展示"爱情与事业、欲望与信念、个人与环境的矛盾以及由此引起的忧伤与痛苦"的作品，置身其中，读者可以深刻体味到舒婷"作为一个女人，又作为一位诗人"，"内心存在的种种深刻的矛盾"[1]。《会唱歌的鸢尾花》完成之后，舒婷曾一度辍笔三年，而后，无论就写作旨趣还是体裁选择上均呈现出新的变化。当然，作为一位兼容"女性"和"朦胧派"双重身份的诗人，舒婷的《祖国呵，我亲爱的祖国》《双桅船》等，也是充分显示诗人艺术成就的作品，它们均在不同程度上显示了"女性"和"朦胧"结合后的艺术魅力。

性别意识的历史化

由舒婷诗歌的女性意识，看待八十年代以来女性诗歌的发展轨迹，"舒婷的出现，带来了新时期女性写作的勃兴。自此，东西南北中，女性诗人不断涌现，她们摆脱了男性中心的话语模式，以性别意识鲜明的写作，传达了女性觉醒以及对妇女解放的呼唤与期待，引起了阵阵的喧哗与骚动，成为新时期诗坛的重要景观"[2]的结论，大致以一种逻辑的起点，切中舒婷诗歌的典范意义。

---

[1] 吴思敬：《舒婷：呼唤女性诗歌的春天》，《文艺争鸣》2000 年第 1 期。
[2] 同上。

如果可以将八十年代以来女性诗歌的发展划分为若干阶段，那么，在 1985 年之后，以翟永明、唐亚平、伊蕾、海男为代表的女性诗歌，主要表现为自觉接受西方女性主义理论和创作实践，进而呈现出对诗歌性别意识的强化。这一趋势，就诗歌史发展角度而言，既有外来文化的自觉接受，同时，也必然包括诗歌写作的内在超越。进入九十年代之后，随着社会经济和文化环境的变化，女性诗人面对现实生活都不自觉地调整了写作策略，其关注的内容也有所拓展，对女性生存本身呈现出较为平和、宽泛的态度，这种相对于前一阶段女性诗歌的转型，就其气质类型而言，在一定程度上体现为对八九十年代女性诗歌初始阶段的有限"回归"。因而，站立于世纪之交的写作立场，回望舒婷的创作，其性别意识的历史化就自然呈现出一种深厚的历史感。

　　或许是文学史关注的侧重点不同，在舒婷女性诗歌的创作阶段，人们很少注意舒婷诗歌的自我转变，而其后翟永明、唐亚平、伊蕾的女性诗歌又被"过分"放置于西方女性诗歌的接受视野之中，所以，关于舒婷以及翟永明等女性诗歌的细节在尚未完全被认识时就获得了历史的"定论"。事实上，如果我们今天重读舒婷的作品，比如 1981 年的长诗《会唱歌的鸢尾花》，其身份意识已然呈现出一种变化："如果说，在此之前的多数诗作显示了舒婷的浪漫主义的基调，那么《会唱歌的鸢尾花》则体现了诗人向现代主义的某种转化。"[①] 而方法自觉改变的结果，使诗人此后诗作的个人经验和性别意识都得到了显著的增

---

① 吴思敬：《舒婷：呼唤女性诗歌的春天》，《文艺争鸣》2000 年第 1 期。

强。这种倾向对于其后女性诗歌的发展究竟产生了怎样的意义，尽管很难从当事人的笔下获得证明，但从翟永明等女性诗人普遍熟悉、接受"朦胧诗"写作，并最终选择有别于"朦胧诗"的方式登临文坛来看，舒婷的开创之功自然是不可没的。而在另一方面，比如在八九十年代女性诗歌的"性别苏醒—发展极致—沉潜内化"的发展趋势中，我们也不难看出，日后成为批评界流行术语的"个人化写作"，其实也同样蕴含在这一历史过程之中。

第三节　舒婷诗歌的"经典化"探析

所谓舒婷诗歌的"经典化"探析，主要是考察舒婷文学史地位之后，沿传与接受的问题。进入九十年代之后，舒婷的作品，比如《致橡树》等，曾多次选入高中语文课本，这一过程一方面体现了文化、教育对于舒婷这样一位"晚近"诗人的认可，而在另一方面，则会在"人手一册"的阅读与讲解中，给舒婷诗歌的接受带来重要意义。由此思考"经典"这样一个历史化的过程，读者的接受与参与也必将起到巨大的、不可忽视的作用。此时，姚斯所言的"文学的历史性并不在于一种事后建立的'文学事实'的编组，而在于读者对文学作品的先在经验"[①]，无疑会带给我们重要的启示。

---

① ［德］姚斯、［美］霍拉勃：《接受美学与接受理论》，周宁、金元浦译，辽宁人民出版社 1987 年，第 26 页。

"非叛逆的诗人"

事实上，舒婷作为一位著名诗人，在八十年代中期基本已停止了自己的创作。但从历史记忆的角度来看，不再写作不但没有使其蒙上历史的尘垢，相反，却可以在保存记忆的过程中让人铭记。应当说，无论从个性角度，还是研究、接受角度，舒婷都不是一位反叛的诗人，这一特点使其从未像多多、芒克、北岛那样走得更远。尽管，舒婷的许多诗篇，同样充满着那个时代特有的豪迈气质——"我钉在／我的诗歌的十字架上／为了完成一篇寓言／为了服从一个理想／天空、河流与山峦／选择了我，要我承担／我所不能胜任的牺牲／于是，我把心／高高举在手中"（《在诗歌的十字架上》），但作为女性，她的气质很难达到一种冷峻、坚毅的状态。舒婷只是在"文以载道"之诗和"个人写作"的汇合之间，唱响了自己的诗歌调子，因而，在一定程度上，我们可以说，舒婷的成功在于一种历史的偶然。

正如孙绍振指出的："在起初，连艾青都没有意识到舒婷的意义。传统的理论话语权威性太高了：诗歌应该是时代精神的号角，诗人所抒发的不应该是个人的、私有的情感，而是人民大众的、集体的情感。人民大众的情感是无产阶级的，而个人的情感则是资产阶级、小资产阶级的'自我表现'。人民大众的情感在传统的诗歌中总是在英勇劳动、忘我斗争中，奏出慷慨激昂的旋律的。而在舒婷的诗作中却时常表现出某种个人的低回，她明显地回避着流行的豪迈。"① 舒婷在具体写作上的策略，

①　孙绍振：《历史机遇的中心和边缘》，《当代作家评论》1998 年第 3 期。

决定了她在接受过程中的评判可能。特定时代的历史惯性和接受限度决定人们无法摆脱过去的诗歌印象，因而，决然的反思与批判必然会得到历史容纳限度的反弹甚至排斥，这一点，我们完全可以从北岛的名诗《一切》中"一切都是命运／一切都是烟云／一切都是没有结局的开始／一切都是稍纵即逝的追寻／一切欢乐都没有微笑／一切苦难都没有泪痕"所表达的质疑和否定情绪，和舒婷的《这也是一切》中"不是一切大树／都被暴风折断；／不是一切种子／都找不到生根的土壤；／不是一切真情／都流失在人心的沙漠里；／不是一切梦想／都甘愿被折掉翅膀"的"回答"诗句中获得证明。

舒婷的"非叛逆的诗人"身份，最终使其获得了和其他"朦胧诗人"不一样的历史境遇。不但如此，也使诸多传播途径可以在思考主流意识形态的接受尺度的过程中，审慎而有选择地拓宽其诗歌的传播空间。"某个时期确立哪一种文学'经典'，实际上是提出思想秩序和艺术秩序确立的范本，从'范例'的角度来参与左右一个时期的文学走向。"[1]从洪子诚对于当代文学经典规律的论述中，我们可以明确舒婷诗歌常常被人提起的内在因素：除了当时思想秩序和艺术秩序可以接纳之外，一旦被大面积地接纳，其文学史的权利也随之确立起来，进而在成为"经典范本"的过程中影响后起诗人的创作以及整个诗歌创作的走向。而此时，我们反观舒婷的诗歌创作，合乎传统美学风范并适度以新鲜的经验触及传统美学，可以说是舒婷诗歌成

---

[1]　洪子诚：《问题与方法》，生活·读书·新知三联书店 2002 年，第 233 页。

为经典的重要原因之一。尽管，这一结论在具体的分析过程中，还包含着更为复杂的历史内容。

浪漫诗人与梦想的栖息地

从接受的角度看待舒婷的诗，很容易得出温婉的风格及其易于为人们所阅读的倾向。无论是源于诗歌传统资源的继承，还是作为女诗人写作的本质，比如，舒婷自言的"我从未想到我是个诗人，我只是为人写诗而已；尽管我明白作品要有思想倾向，但我知道我成不了思想家，起码在写诗的时候，我宁愿听从感情的引领而不信任思想中的加减乘除"[1]，提供给读者的只是一条通往诗歌之境的安静而平坦的旅途。

按照舒婷的丈夫、评论家陈仲义提供给读者的舒婷情感世界，即"纵观舒婷全部作品，特别是早中期所体现出来的那种如泣如诉，较为曲折深婉的情调恰恰表明她内在心理图式——其情感机制相当亢奋，即思维的情感性在心理能量中占据了较大优势，而其他心理要素，注入感觉、幻想、错觉、联想、潜意识、理念相对要显得贫弱些。换句话说，正是情感优势中心的强大统摄，女诗人心灵的各种激流波澜，才以压倒性的态势聚集在各自的喷射口"[2]，由此联系到女诗人自身的生活环境、个性气质、文化影响、生活经历，舒婷会因诗歌中浪漫情愫的

---

[1]　舒婷：《生活、书籍与诗——兼答读者来信》，《舒婷文集 2·梅在那山》，江苏文艺出版社 1997 年，第 216 页。

[2]　陈仲义：《中国朦胧诗人论》，江苏文艺出版社 1996 年，第 72 页。

过多融入而定位于浪漫派向现代派过渡的诗人。

　　舒婷的诗曾因其特有的情感元素，而成为一代青年人梦想的栖息地，例如《会唱歌的鸢尾花》——

　　　　让我做个宁静的梦吧

　　　　不要离开我

　　　　那条很短很短的街

　　　　我们已走了很长很长的岁月

　　　　让我做个安详的梦吧

　　　　不要惊动我

　　　　别理睬那盘旋不去的鸦群

　　　　只要你眼中没有一丝阴云

　　　　……

　　　　伞状的梦

　　　　蒲公英一般飞逝

　　　　四周一片环形山

应当说，在文化和思想刚刚复苏的年代，舒婷以"会唱歌的鸢尾花"及其开放、寻找过程为青年人带来遥远的梦想，这既包括缓释心灵的焦虑，同时，也包括如何营造一种朦胧的梦境。即使因为诗人的"歇笔"而使这样美好的梦境处于定格状态，接受的视野也会因一代人的讲述而延续下去，何况，在生存普遍成为人生第一要务的今天，梦境会因片刻的憧憬而带来难以替代的灵魂慰藉。

承前启后的经典

从浪漫主义诗人的角度延伸，陈仲义评价道："如果说中国新诗的发轫是以浪漫主义直接的启动，郭沫若充当了中国浪漫派新诗鼻祖，那么在未来的编年史，女诗人可能成为浪漫派最后一批抒情歌手。中国早期浪漫诗歌艺术的某些直露粗糙毛病在她身上得到克服，在从浪漫向'准现代'迁演阶段，她充任了一个过渡衔接的角色，她既不是先驱，也不是通向未来的桥梁。倘若郭沫若奠定浪漫主义在中国的第一座桥墩，那么她所铺筑的大概是最后一批桥面当中的一块重要桥板。与此同时，她适时合度地拨动通往另一个方向的'板道'，成为被许多目光所聚集的'中转'，她的贡献和价值可能就在这里。"[①]从诗歌史的角度，陈仲义的"板道"与"中转"的说法，使舒婷的诗歌具有承前启后的意味，而事实上，从新时期发轫阶段崛起的角度来看，舒婷也确然具有承前启后之功。

当然，置于新时期诗歌历史的潮头，看待舒婷的创作，其意义也为构造自身的经典奠定了坚实的基础。从八十年代初期的文学普遍态势来看，"伤痕文学""反思文学"的浪潮，往往使这一时期的文学主题高于形式与技巧。"朦胧诗"就其写作而言，是将启蒙、反思、质疑和伤痕融于诗歌朦胧、含蓄的表达

---

① 陈仲义：《中国朦胧诗人论》，江苏文艺出版社 1996 年，第 229 页。

之中，尽管，"朦胧诗"的这种表意策略使其在八十年代产生了争鸣的契机，但事实上，"朦胧诗人"并未摆脱特定时代文化氛围对其产生的限制。"朦胧诗人"普遍的英雄情结、关心现实的心理焦虑，使其最终在"后朦胧诗"崛起的过程中招致全面的质疑与批判。"这种觉醒是什么呀？是对传统观念产生怀疑和挑战心理，要求生活恢复本来面目。不要告诉我这样做，而让我想想为什么和我要怎样做。让我们能选择，能感觉到自己也在为历史、为民族负责任"。"我从来认为我是普通劳动人民中间的一员，我的忧伤和欢乐都是来自这块汗水和眼泪浸透的土地。也许你有更值得骄傲的银桦和杜鹃花，纵然我是一支芦苇，我也是属于你，祖国啊！"[①] 将舒婷的上述言论和她在《祖国呵，我亲爱的祖国》中"我是你的十亿分之一，/ 是你九百六十万平方的总和；/ 你以伤痕累累的乳房 / 喂养了 / 迷惘的我、深思的我、沸腾的我；/ 那就从我的血肉之躯上 / 去取得 / 你的富饶、你的荣光、你的自由；/——祖国呵，/ 我亲爱的祖国！"的诗行相对应，舒婷并没有忽视诗歌当时必然存在的功用意识以及诗人应有的责任与立场。但在另一方面，舒婷又明显注意到了诗人应有的审美意识。除了题材上的爱情诗之外，在语言形式上，注重诗歌的晓畅明白、浓郁的抒情和优美的意境，以及注重诗歌的细节描写，都使舒婷的作品很容易同其他朦胧诗人区别开来。

在"朦胧诗"盛极而衰的年代，舒婷选择了理智地停笔，

---

① 舒婷：《生活、书籍与诗——兼答读者来信》，《舒婷文集 2·梅在那山》，江苏文艺出版社 1997 年，第 212—213 页。

但从历史的角度来看，这似乎又造就了舒婷诗歌的"经典化"过程。随着八十年代中后期，其他"朦胧诗人"相继出国，而性别诗学在外来文化的影响下发展起来，女性文学又因舒婷诗歌的开创意义和鲜明的个性意识，将舒婷的创作置于经典的位置。显然，与八十年代中期之后一度兴起的女性主义作品相比，舒婷那些朦胧的、含蓄的作品更符合中国读者的口味，同样也更符合女性文学中国化的必然之途，而随着历史的进一步推移，舒婷诗歌的垂范意义也在一定程度上巩固了她诗歌的经典性。"新的生机勃发的诗歌在向我们招手。但回首诗歌在新时期崛起的艰难命运，我们的心情有不无悲凉的欢悦。中国的艺术也如中国的社会一样，每前进一步都要付出代价。诗为自己的未来不惮于奋斗，诗也就在艰难的跋涉中行进。如今是生活的发展宣布了障碍的消除。新诗潮面临着新的考验，这便是：它究竟要以怎样的前进来宣告自己的成熟。"[①]谢冕先生对于"朦胧诗"的期待，在经历多年之后，舒婷的诗无疑成为最具说服力的部分。

至此，舒婷诗歌的"经典化"接受与传承大致已呈现出较为清晰的轮廓了。在"朦胧化""女性诗歌"等研究视野之外，还包括一个文学史视野之中的舒婷诗歌创作，而这些，从经典的接受与传承的角度来说，都可以归纳到接受的范畴之中。显然，站在今天的立场上，重新审视舒婷诗歌，无论对于认识"朦胧诗"，还是女性诗歌，甚至还包括近三十年诗歌乃至近三十年

---

① 谢冕：《历史将证明价值——〈朦胧诗选〉序》，春风文艺出版社 1985 年，第5—6 页。

文学的发展浪潮，都具有重要的意义。[①] 目标如此，但限于时间、材料以及缺乏参照等客观因素，本文目前所完成的只能被看作一个相对完整的阶段性产物，沿着这一思路还有不少问题可以做进一步的探讨。何况，作为一次尝试，"舒婷诗歌的接受性研究"的话题本身就具有巨大的研讨空间以及广阔的前景。而这些，或许正是本文的意义以及可视为一次未完成之话题的根本所在。

---

① 在《文学讲稿："八十年代"作为方法》一书（北京大学出版社 2009 年）之"第四讲　批评对立面的确立——我观十年朦胧诗论争"一节中，著者程光炜曾有这样一段描述可作为上述论断的佐证："小说家格非 2006 年 9 月到我们课堂上来讲演，提到 80 年先锋小说有两个起源，一个是朦胧诗，另一个是汪曾祺的小说。这让我有些吃惊。朦胧诗在 80 年代文学中的重要性，是人所共知的，可是重要到如格非老师所说的那种程度，我还是首次听到。而朦胧诗之走进'新时期文学'，并获得广泛认可，除了一些有'争议'的作品，另外一个很高的'公众受视率'就是影响深远的朦胧诗论争。一些关涉到'新时期文学'根本命题的观点，都在那场论争提出来了，充分展开了，事实证明，它的意义已超出'新诗'范围，几乎覆盖了'新时期文学'的所有方面，所以，难怪连小说家都要说它那么'重要'了。"见第 171 页。

第四章　散文的世界

在诗歌的"主业"之外，舒婷还是一位散文大家。"诗人尽可能抽象。散文家无法不具体。"正是因为了解诗与散文、诗人与散文家的不同，诗歌创作逐渐减少的舒婷在九十年代将创作重心转向了散文。与诗不同的是，舒婷曾坦言"散文把我出卖太多"："我的出身、我的故里邻朋、我的家庭、我的足迹、我的所爱所恨所思所梦，都被散文抽茧拔丝般巨细无遗地奉献给读者。散文就是我的自传，可能琐碎些，但我保证绝对货真价实。"[①] 由此可知，真实和具体是认识舒婷散文的线索，而在此过程中，那位曾经叱咤风云的女诗人给自己散文世界留下的只是特有的抒情气息！

第一节　斑驳的记忆

既然散文可以作为舒婷的"自传"，那么，对记忆的真实

---

① 此处引文均出自舒婷的《沦陷于文学》，《舒婷文集 2·梅在那山》，江苏文艺出版社 1997 年，第 311 页。

书写显然是不言而喻的。"世上大约没有人能记起他出生的那一天,人间以什么样的面目迎接他。可我虽然满月之后就离开石码,再也没有回去过,但那一天的情景却完整无损地留在我的记忆中,而且一年比一年丰富细致。"出自散文《到石码去》开头中的这一段话,似乎正告诉我们舒婷渴望不断返回出生地,返回自己生命的起点。尽管随着岁月的延展,作家的记忆会在一定程度上产生偏差,会将长辈的讲述当成自己的记忆而难以完整、准确地还原历史,但关于这些记忆的书写本身却隐含着十分强烈的心灵真实和写作真实。"只是在我的感情里永远有一扇开着的小门,像一个简朴的画框,嵌着那天的阳光,那条市声喧闹的条石街,和一个'精灵儿'三十二年绵绵的眷念。"记忆是可以持续生长的,童年的记忆是最真实且难以忘怀的,这俨然可以作为舒婷散文创作的出发点。

舒婷笔下孩提时代的书写具有鲜明的闽南色彩。《孩提时代》从"家乡的黄皮果"讲起,自称"我是黄皮果树的孩子",然后是"份面、玉米棒、盐水桃"这些堪称漳州的特产,还有四姑婆、雨天的老宅等等,都被舒婷写得有滋有味。在舒婷笔下,本来单纯快乐的童年总会找到另外的趣味。比如,在《童年絮味》中就有装扮布娃娃、初学识字、自扎小辫、和表妹比唱歌、洗地板、帮妹妹退敌、夏天度假、春天怕梅雨等生动的场景,令人读来生趣盎然。

与童年的经历相比,成长必然会带来新的体验。《在那颗星子下——记我的中学生时代》和后来的《木棉树下——我的中学时代》将自己的中学生活真实地记录下来:当年的舒婷聪明、记忆力好，可以凭借这些侥幸过关，但又被林老师发现，林老师语重心长地教育她，让她终生难以忘怀。由于特定时代的影响，舒婷学历不高，但中学是她创作的起点，这自然使其记忆犹新。"我的个性、气质、道德观，乃至常识性的认知，都来自我非常短暂的中学时代。"中学生活有"满地寻找通知书"，有"我的处女作"的发表，也有"拒绝任何考试"的叛逆……或许正因为如此，当多年之后，诗人"士别二十年"，"衣锦还乡"时，才会写到与老师重逢时的场景。尽管时光流逝，让当年很多老师都离开学校，但一旦回到母校，看到曾经教过自己的老师，就会在瞬间让自己回到十四岁。"走过我的初一老教室，那株巨大的木棉树有些苍老了，却一直保持花期最早的记录。我曾在这株老树下的石桌做过作业，挨过批评，写过稚嫩的诗。哭过，笑过。"还是十四岁的那个自己，只要回到学校，那些往事和真实的体验就会自然而然地涌现在眼前。

在舒婷通过散文再现"斑驳的记忆"的过程中，对亲人的书写也占有重要的位置。舒婷自幼由外婆带大，后有父亲离开家庭、长期和母亲生活在一起的经历。这使其对以外婆、母亲为代表的亲友和故家都有深刻的记忆。在《晚照》《挽高裤管过河》中，她曾记录下和外婆在一起的生活。以《晚照》为例，通过"外婆生育十一胎"，"最叫外婆自豪的有三：一是八个儿女都是由外婆自己奶大，儿子个个俊秀聪慧，女儿如花似玉，品相纯正；二是外公在最发达时也从不嫖娼，家中丫头青春勃发，也不敢染手；三是解放后，丫头没有了，外婆自己持家，家中仍纤尘不染。财源断绝，凭外公一点积蓄，孩子交回半数工资，困难时期吃的也是白米饭，不过，把外公最后一幢小洋楼吃光了"，外婆"性子刚烈，连庄严矜持的外公也不敢轻捋虎须"等书写，舒婷活脱脱地写出了一个传奇女性，而她在书写外婆时的敬意也自然而然地得到展现——

> 年轻时的外婆相貌如何，没有人敢于品评。外婆自己从不对女人评头论足，最常用的词汇就是"妥当""伶俐""古意"，全都是有关人品问题。外婆的爽直、嫉恶如仇，乃至生活上和品质上的洁癖，全家上下无不肃然起敬。
>
> 我始终认为，再没有比外婆更美丽的女人，即使在她七十岁的时候。

在《挽高裤管过河》中，舒婷又记录下自己和外婆之间的深情。由于父母工作和生活等客观原因，舒婷的命可谓是外婆捡回来的，因此，"外婆常说我是她的尾仔囝"。曾经多年和外婆一起睡，和外婆一起上教堂做礼拜……外婆治家极严，但对她是溺爱放纵的，此时，外婆有另外的形象，像母亲一样，既给予了她生命，也影响到了她的生命。

与外婆相比，母亲似乎换了一个人。在《黑暗中的花朵》《月之纤手》等散文中，母亲性格既不像外公，也不像外婆。母亲似乎有着天生的忧郁，脆弱、敏感、柔情似水。但母亲又是坚强的、颇具文艺气质的。她教舒婷音乐，在苦难时卖掉乐器，而舒婷对她的书写也受到其性格的感染，带有几分淡淡的哀愁。

除外婆和母亲之外，舒婷还曾在《黑翼》中回忆过旧宅，在《老家的陈年芝麻儿》《缅根》中写过外公、祖父的家族史。出于许多记忆可以反复书写，值得反复铭记，舒婷在新世纪之后的散文创作如《真水无香》《心曲千万端，悲来却难说——怀念父亲》等文章中，再次重现父亲及母亲的形象。父亲在舒婷童年由于"右派"的原因曾一度扮演"缺席"的形象，这使得舒婷在散文中总是自觉不自觉地提到1957这个让家庭"分崩离析"的年份。父亲的离去，让母亲承担起这个家庭的重担，母亲的辛劳以及过早的离世让舒婷感慨万千。不过，当舒婷重新记录这些往事时，其本人已过中年，所以，对父母的经历能够保持一种较为客观的态度，而回忆也没有任何抱怨，只余深情。"印象中的父亲总是头发三七分，梳得油光水滑，雪白西装，白皮鞋，风度翩翩呀"；父亲身上的"江湖义气"传给了舒婷，父亲热爱生活，晚年独自访遍名山胜水；父亲以诗书传家为骄傲……通过舒婷近乎客观的叙述，父亲的形象也得到了复原。经过岁月的沉积和过滤，一切都变得如此平静、舒缓，而叙述也正借助这些达到"真水无香"的程度：自然、平静、清澈，淡漠无痕，空阔无边。

第二节　青春和爱情的履痕

舒婷曾将自己回城后在工厂工作的经历写成散文《一个人在途中》，与回忆童年、亲人相比，这类散文是舒婷写给自己的。青春岁月总是让人难以忘怀，何况舒婷的青春可谓历经坎坷、一波三折。"我最早获得的工作是在一家民办的小铸石厂做合同工。二十年前，铸石工艺尚属试产阶段。把辉绿岩加各种配方经高炉熔炼，浇铸成模，经结晶窑、退火窑依次冷却，是耐酸耐碱耐高温的建筑材料。我在这家风雨飘摇的小厂不足一年，留下千疮百孔的记忆。像挞伐一样，伤疤脱落无痕，疼痛深植骨髓。从另一种意义上说，我亦终生受益匪浅。"工厂生活让舒婷了解到生活的实际，她显然不适合这样繁重的体力劳动，所以，工作一换再换。她在空闲时候安静读书，又在不断迁移的工作中体味到劳动带来的感受。她最终走上了创作之路，但"一个人在途中"却可以成为她人生经历的生动写照。

诗人是怎样的？作家又当如何？这是读者感兴趣的话题，也是作家本人常常在创作中无法回避的。舒婷在成名后的一些散文中记录了自己的心境，同样也相当于记录了诗人的"现在时"——

夜来飒飒风声，在小楼内外快活地回响。门窗的砰然、花瓶倒地的悠扬、书页沙沙翻动、落叶在院子舞蹈。睡眠因此长出了一片芜草般的梦。

......

我慢慢拧开笔帽，准备开始写作。猝然而来的剧痛使我黯然。这一切又有什么意义呢？如果没有人含笑来到我肩后，对我说："扔下你的工作吧，让我们到海边去，到山崖去，到树林子去！"

这段出自《春深梦浅》中的话，如心情文字静静流淌。也许，就在一个偶然的瞬间，作家感受到了莫名的忧愁，并迅速用文字将其记录下来。对写作的疑惑、对生活的质询，这是反思的结果，也是属于作家的焦虑。没有更多的感慨，没有流泪，"因为，我已过了哭泣的年龄"。但成长的烦恼却时刻在静夜中阵阵袭来，并渐渐延展成岁月的履痕。

"夏夜是青春之梦的多发地带。"舒婷在《仲夏之夜》中的开场白很容易让人联想到青葱岁月和即将到来的爱情。事实上，舒婷也写过《情话·情书·情人》《预约私奔》《请继续保存那封长信》《给她一个足够的空间》等散文，记录属于她自己的爱情。没有什么缠绵悱恻，只是一对大男大女的婚恋，平凡、朴素甚至有些平淡。不过，从具体生活的记录来看，一切似乎并不那么枯燥乏味。比如，关于"结婚那一天"的回忆，关于补婚纱照与丈夫的商谈，还有对婚姻未来的预测和自我空间的确认，等等，都成为"困扰"舒婷的问题。但舒婷又是一位当之无愧的贤妻良母，同时，她对于爱情和生活也有自己符合实际的看法。在《伸过你的杯子来》中，舒婷就曾不无深刻地写道——

　　要爱得那样缠绵悱恻，不难；要轰轰烈烈惊天动地一番，似乎也可以做到。因为，这都比决心和一个人厮守终生容易。

　　······

　　那么，伴侣的意思就是，不管十年、二十年，你

都为他（她）拧紧了发条，并且让手焐的那一壶水永
远滚烫。

相守比相爱更难，这是舒婷对于爱情、生活、伴侣思考的结果。可以让爱人随时随地伸过杯子，续上开水，这个过程自然不难，但难在经年累月都能做到这样。舒婷强调了这一点，表明她认同这一点，在此过程中，我们不仅可以看到其性格，同时也能看到其对于生活的态度。

也许，舒婷的青春岁月不像故事中那样丰富多彩，而舒婷体验爱情的年代由于生活条件等因素，并没有太多可以书写甚至夸耀的浪漫时刻。但透过舒婷的散文，我们可以读到一种乐观、一种积极的人生态度，还有就是经过岁月洗礼的成熟和感悟：青春是美好的，但它仅仅属于人生的一段；生活是平淡甚至是乏味的，而问题的关键在于如何面对这样的生活。舒婷将自己经历过的、思考而得的东西写进散文，完成一部属于自己的"自传"。在"自传"中，尽管她留给自己的部分不多，但不乏精彩之笔、耐人寻味。在一篇为同省诗人、好友吕德安送行的纪念散文中，舒婷一面写"人在整个青年时期，都能覆被友情的浓荫，群鸟啁啾。热情、盲目、善良，友情一直挥霍不尽。渐渐地，就变得冷静，挑剔而且世故了。这时候交新朋友再不能往心里去……情愿和老朋友翻烂芝麻"，一面遥想吕德安离开后，身边会少一个老友，而他在陌生的土地上会十分孤单，忍不住为此还静静哭了一阵子——"多情还数中年"，无论看题目还是顾名思义，舒婷都写出了一种状态、一种心情，并以此呈

现出印刻在其心头的岁月的履痕。

第三节　写给儿子的爱之书

　　所谓"写给儿子的爱之书"主要指在不同时期写关于儿子的散文，如《你见过这个小男孩吗？》《大风筝》《我儿子一家》《儿子的天地》，等等。后来，舒婷将这些散文中的大部分和新作连同儿子的作品集中收录于舒婷和其子陈思合著的《Hi 十七岁——和儿子一起逃学》一书中。《Hi 十七岁——和儿子一起逃学》是"两代人丛书"之一，于 2001 年在人民文学出版社出版。通过此次集中的展示，我们可以看到："在这里，两代人的相处，是讲究格调与韵味的。如此家庭，对话是较容易发生的，尽管各自都有内心的独语。在这里，语言交流几乎成为必须，也成为自然。语言的快感，是双方都需要的。在不知不觉中，他们已经掌握了一种美好的、双方都乐于接受的交流方式。他们用的是另样的语言，使用这些语言时，是用的另样的心情，这种心情出于另样的心境。"①

　　毫无疑问，舒婷对儿子是十分关爱的，而舒婷对于孩子的教育也是成功的。通过舒婷写儿子的散文，我们可以首先看到她对于儿子细致入微的观察和无所不在的关爱。《我儿子一家》以儿子的口吻、通过第一人称"我"展开叙述：从出生到成长，

---

① 曹文轩：《两代人丛书·序》，舒婷、陈思著《Hi 十七岁——和儿子一起逃学》，人民文学出版社 2001 年，第 5 页。

舒婷将儿子儿时的经历尽其所能地记录下来。而此时，舒婷本人自然也就成了"妈妈"。"妈妈说她平生有三怕：一怕记者采访，二怕与人谈诗，三怕讲座和开会发言。怕采访怕发言还说得过去，当一个诗人，不愿与人谈诗真是太不讲道理了我的妈妈。""妈妈"对"我"是无限关爱的，"经常有人问我妈：'你儿子学什么？'妈妈回答：'学玩。'妈妈总说要让我有个快乐的童年，她和爸爸都不要我成为神童什么的。"结果是"妈妈"在我爱画画时候买了一大堆蜡笔、彩色铅笔和水彩；剪纸的时候买小剪刀和彩纸；"我"迷上足球，"妈妈"就辛辛苦苦当陪练；"我"要当司机，"妈妈"就买玩具车，她从国外给"我"带回的玩具全是各种汽车。

《我儿子一家》从儿子出生写到五周岁，与其独特的写法相比，《儿子的天地》记录了陈思五周岁之后的成长史，有"和儿子一起看录像"；有儿子和同学的交往史；有儿子独特的心得，如"我"通过买玩具本想教育他"男孩子要有自制力，能够等待并选择，当你的机会到来"，而儿子的"恍然大悟"竟然是"我明白了妈妈，所以你和爸那么迟才结婚"；有儿子学琴的经过、迷恋拳击的过程和看书的历程……通过这些描写，舒婷写下了两代人的故事，母亲当然是主导，但天真的孩子常常通过自己的行为给父母以启发。"真正的，上一代的精神成了下一代的财富；真正的，下一代的精神，使上一代的精神保持住了鲜活。"[1]

---

① 曹文轩：《两代人丛书·序》，舒婷、陈思著《Hi 十七岁——和儿子一起逃学》，人民文学出版社 2001 年，第 4 页。

其次，舒婷通过"爱之书"写出了与儿子之间特有的情感和乐趣。《"你给我下海去！"》是一篇妙趣横生的散文。文章刚开始写舒婷和丈夫"阴谋许久，终于有了一间书房，却是以牺牲儿子的卧室为代价的"。不过，随着"书橱渐渐老去，儿子渐渐长大，烦恼随之滋生"。相关的东西换了一批，结果电脑又摆到日程上来。电脑还未入门，几个人各有各的想法。丈夫抓紧进行教育，结果是儿子大喊："你们给我下海去！"这件事的结论是"任何事物都需代价。当初算计了儿子的卧室，而今任何未出笼的家政大计，必受其一票表决权制约"。而为此付出的代价自然不小，想来想去，只能得出"罢了，电脑！"的结论。从接受安排到"反抗""叛逆"，显然儿子长大了，有自己的思想了，这时候家中的格局乃至一切正悄然发生变化，一切都需从长计议了。"聪明反被聪明误"，这是这篇散文最有乐趣的内容。

当然，与书写儿子的"叛逆"和"作茧自缚"相比，孩子与父母之间更多的是真挚的情感。《大风筝》通过母子送爸爸上飞机，写出了一家人之间的亲密无间和特有的"矫情"：在你走之后，"我"将一个人带着孩子，因为忙碌一日三餐不能正常，写诗也没了心情。但在这貌似不正常状态的背后，却是一家人浓浓的情感。文章在开头提到儿子送机时的"太可惜爸爸走了，我心里难受！妈妈你呢？"和结尾处的"临上飞机儿子使劲扯你弯腰和你耳语，把你的纽扣扯断了"，都是十分自然但又用情最深之处。对于描写儿子的文字，人们可以明确感受到舒婷在写作时充满快乐的情绪，并由此感受到母子之间的深情。

第三，是对于儿子的言传身教。舒婷十分疼爱儿子，但她并不是一位惯纵孩子的母亲。正如在《脖子上的母亲》中自我议论的那样——

> 儿子在我的时间表经常是第一位，因此我有理由声称周末我不写作。……
>
> 我承认我对孩子有些溺爱，因而更加清醒约束自己。……
>
> 母亲的奉献（父亲们也一样，表现方式略为不同罢）是那样无私、彻底、密集，义无反顾地付出时间、精力和金钱，糟糕的是还不容拒绝。替孩子们想想，其实十分恐怖。

出于这样的自省，舒婷很注意对孩子的言传身教。在《有意栽花无心问柳》中，舒婷曾结合回答朋友们提出的"怎样指导孩子写作文"的问题坦言："孩子小学二年级，我已完全放弃对他语文功课的辅导"，"一个孩子的文学素质培养，除了加强其他艺术门类的滋润以外，主要就是阅读和写作"。对于孩子在作文及至语文方面的培养，舒婷有意结合孩子的兴趣点而对其进行潜移默化的教育。也许给孩子精心准备了那么多书，不过具体到选择和阅读上极有可能是随机的、偶然的，因而不干涉、不强迫、不规定是一个让孩子自由成长的好办法。当然，如果有意在这方面加强对孩子的培养，舒婷的心得还有"对文学的浅尝辄止，反映在儿子的周记上"。再者通过孩子爱读而父母似乎兴趣不大的武侠小说来看，两代人的差异也是很明显的。阅读武侠小说虽然招致老爸的"口诛笔伐"，但其结果却是使孩子的作文突飞猛进，尤其是想象力丰富，语言幽默新颖，人物描摹生动，让人匪夷所思。随着儿子的成长，舒婷有意怂恿其读阿城、陈村等的散文随笔，此时舒婷之所以让儿子读她喜欢的散文，是因为发现他对语言的苛求和洁癖越来越和自己接近。"也许要等到他上大学，才明白文学作品的经典性正是由于他的历史性。"舒婷在阅读方面对于儿子的言传身教，宽容而没有过多的限制，既讲究方式方法，又避免了两代人的"代沟"缝隙，其不动声色的良苦用心既表达了她对儿子的爱，同时也表明她是一位有计划、有准备的母亲。

最后，是对儿子的劝告、鼓励与期待。对于即将考上大学、远走高飞的儿子，舒婷曾有《临别赠言》一文。对于儿子未来考学的方向，舒婷自言怂恿他到北方读书，"经历不同的生活环境，锻炼生存能力"。接下来她以谈心的口气进行劝告并将其概括为："第一，关关雎鸠，在河之洲。""第二，吸烟何止危害健康？！""第三，是哪一只手，放在你的肩膀上？"其中，第一部分主要涉及孩子未来的爱情，其结论是："我们将以你的幸福为幸福，因此会尽最大努力来爱你所爱之人，无论我们之间的生活方式和观念有多大差异。"第二部分直指身体健康和拒绝"瘾"的诱惑。其鼓励在于，"你将得到所有正义力量的援助，你的父母将不惜一切代价，紧紧握住你的手，直到你彻底摆脱恶魔的阴影"。第三部分是承诺，其开头就是："儿子，无论你遇到什么，失恋、伤病、过失、吸毒、战争，我都将义无反顾保持精力和信心，为你的康复与你一起努力斗争。任何时候你感到孤单，渴求温暖，你都会看到身后有我，你从不远离永不失望的母亲。"阅读《临别赠言》，会感受到一种温暖：一个母亲不避讳带有隐私的话题，只在乎儿子未来健康、幸福的生活。这首先是建立在孩子已经长大，进入必然要面对一些事情的人生阶段的客观前提之上。对于其未来，母亲不仅想到其幸福、理想，同时也想到他可能会经历的坎坷，而"居安思危"、坦然面对是一种正确的态度。但无论怎样，父母尤其是母亲都是孩子的坚强后盾、一个避风的港湾……有鼓励、有劝告，也有期待，充分考虑到存有的种种可能，舒婷"爱之书"的可贵之处在于其真切而务实，全面而深入，通过娓娓道来、条分缕析的谈心方式向儿子表达自己的想法，而如何对待人生、理解人生的态度和对孩子人生道路的引领，都蕴含其中！

第四节　对话女性与朋友

舒婷的一些散文是专门写给女性或者说是为女性而写的。她写过"女人恋旧"，通过女性的日常生活习惯和朋友交往加以证明，"女人把所有她认为好的东西全当作自己多年的积蓄，很安全地珍惜着"，这点可谓抓住绝大多数女性的特点。她写《凹凸手记》，结合日常生活辨析男人和女人，强调女人要长自己的志气。她承认自己是"两栖女性"，一面要照顾家庭、相夫教子，一面要写作，有一间属于自己的房间。但从实际情况来看，她更多将日常生活的重心放在家庭上，照顾老人、丈夫，还有孩子，以至于在朋友说她是家庭妇女时，她也能欣然接受。但正如她写过《致橡树》《神女峰》等名篇佳作，舒婷对于当代女性的生活和地位从不缺乏自己的思考。在《女祠的阴影》中，她就曾发出这样的议论——

> 从"五四"反封建至今，八十年过去了。我们对女性的奉献、牺牲、大义大仁大勇精神除了赞美褒扬之外，是否常常记住还要替她们惋惜、愤怒，并且援助鼓励她们寻找自我的同时，也发扬一下男性自己的民主意识和奉献牺牲精神？
>
> 我不是个女权主义者，在我的事业与女人职责中，我根据自己的天性与生活准则比较侧重家庭，我清清楚楚我得到什么，失去什么。我可以损失时间，错过一些机会，在情绪与心境中遭到一些困难。但我不放弃作为一个女人的独立和自尊。

一面甘愿做一个传统的女性，一面又强调女人的独立和自尊，舒婷笔下看似表面上的矛盾其实正反映了当代女性自我意识的发展与嬗变。与二十世纪八十年代中期逐渐兴起的女性主义和女性写作相比，舒婷属于过渡时期的女性，她有自己的现代意识，因此不守旧也不过时。她的观点生动反映了八十年代以来女性在社会、生活、身份等方面观念的变化，这种观念不仅和她的诗歌创作一脉相承，而且也有利于其反思女性的历史并将自己的思考融入其中。象征着节孝的女祠由于历史的原因，当然还拖着长长的历史阴影，当然还需要不断被提醒。怀着重释传统的立场，舒婷还曾对一些关乎女性命运的"古老命题"进行重估，也曾不断检视自己的既有经验：她于《女有三丑》中对"女人有三丑：好吃懒做爱打扮"辩证的再解读；在《硬骨凌霄》中检讨自己"错怪了凌霄的家族"，因为它们之中"也有自强自立于地面上的硬骨头"，那么"做一株硬骨凌霄又何妨"！恰恰说明了她作为女性对于女性命运的持续性关注。

也许，在谈及女性时就已涉及友情：像《红草莓诗人》记叙诗人傅天琳，《自在人生浅淡写》谈及王小妮，还有《清明剪雨》和《唐敏和她的〈诚〉》中的唐敏、《女儿梦南国》中的斯好……通过一个女作家写另外一个女作家，舒婷的文字充分证明了"喜欢一个人，往往毫无道理，恋爱如是，友情亦然"（《文学女人》）。当然，这些文字的主人公和写作者毕竟都是"文学女人"，所以，在记录友情之余，评点一下也是必不可少的。比如在《女儿梦南国》中对斯好的评价："写散文，斯好非但比我执着，而且更有成就，她是付出了全部心血。"就是建立在对作家女友了解的前提之上。还有《明月几时有》《回音壁前的秋天》《窄巷·活弦》《仁山智水》《我读〈行走的风景〉》《有朋自醉乡来》《晚菊弥香》等，分别记述了舒婷和朋友尤其是文友之间的交往。舒婷是热情的、好客的、坦诚的，她的文字不仅向读者宣示了这些，还写出了她交友时的乐趣和活泼、幽默的一面。

第五节　文艺随笔

通过散文随笔的形式谈论自己对文艺的看法在舒婷的创作中也占有重要的位置，它们有助于我们更为深入地了解舒婷的观念与创作。纵观舒婷的文艺随笔，其内容可主要分为如下四个方面：

其一，是讲述自己的文学经历。随笔《生活、书籍与诗——兼答读者来信》《以忧伤的明亮透彻沉默》因介绍自己读书和创作的经过，早已成为人们了解舒婷创作生平的必读篇目。除此之外，《"洋食"——我与外国文学》既介绍了读外国文学的经验，也介绍了自己读书的心得。从"乱读书"谈起，舒婷看书是为自己看的，再者就是看完回答儿子的提问。她有时甚至一天读五六本书直到深更半夜，这些书混在一起。"乱读书"甚至让她只读其书而不知作家姓甚名谁。但"乱读书"的好处也是显而易见的："乱读书"可以只读精彩的部分，可以不被图书的外部包装所迷惑，可以在信手拈来、随心所欲的过程中偶尔留住几块金子，"写作时，常常一道侧光投来，你会急急逮住这被照亮的瞬间，而不及考虑它是来自哪一处暗角哪一片苍穹"。舒婷喜爱读书已到了无可救药的程度，但她这种"读书之滥不求甚解"的状态却显然是抵达了一种境界：为读书而读书又能随遇而安，这种读书态度只与需要和乐趣有关。她看了大量的外国小说、外国传记，但一旦涉及自己的创作时，她则深知"外国文学给予我的影响就是：不要那样写"。舒婷的读书经验告诉我们：既保持自己又能快乐地阅读才是读书的真谛。而在《笔下囚投诉》中，舒婷又以诉苦的方式谈及自己的创作，自己和笔、纸以及邮票的关系。"我的夹子向来有三：稿纸、地址本、笔。"写诗、写散文都与笔有关，笔的更替过程就是自己的创作的过程。

如果着眼于谈自己的创作，那么，舒婷介绍自己创作经历的随笔还可包括《沦陷于文学》《答某文学院问》《诗文家人生十问》以及《谁家玉笛暗飞声——为编选〈影响我一生的200首古典诗词〉序》等访谈和序言，它们都在不同程度上以不同角度涉及舒婷创作的"秘密"，值得那些渴望了解舒婷创作的人反复阅读。

其二，是点击当代文坛。舒婷曾在很多文艺随笔中点评过当代作家作品，而集中反映她在这方面态度和观点的是《不要玩熟我们手中的鸟》和《"退役诗人"说三道四》。

《不要玩熟我们手中的鸟》写于1986年9月23日，系其参加上海国际笔会的发言稿。[①]后曾以《潮水已经漫到脚下》为题，发表于《当代文艺探索》1987年第2期。又收入林建法选编的《中国当代作家面面观》（时代文艺出版社，1994年）。通过这篇发言稿，我们可以充分看到舒婷对于当时文坛主潮的看法。1986年，正值后来被称为"第三代诗人"风起云涌之际，"Pass北岛""别了，北岛舒婷"等一度成为他们最响亮的口号。"人类的前途向未知发展，艺术创造不择道路，更不听从裁判的

---

① 长江文艺出版社2012年出版的《舒婷随笔》收录此文时，题为《不要玩熟我们手中的鸟——上海国际笔会的发言稿》。本书相关引文皆依据此次收录。

哨子指挥。仿佛突然间，诗歌界的后起之秀，已形成第三浪潮，淹没过一切规则和边界。他们称自己为第三代人，或新生代。并且自成体系地从文化、地理、语言旁若无人地提出一整套理论，向我们廓出极有意思的前景。"对于"第三代"诗歌浪潮涌到脚下和评论界在一段时间内保持的沉默和观望，舒婷的态度首先是期待我们常常有把握不住的困惑，"不要玩熟了我们手里的鸟"，因为这样才表明诗歌写作正在日新月异、迅猛地向前发展。其次，舒婷写出了"朦胧诗"和"第三代"诗歌（当时也有"后朦胧诗""后新诗潮"的说法）之间的区别和差异——

> 我们这一代诗人和新生代的重要区别在于，我们经历了那段特定的历史时期，因而表现为更多历史感、使命感、责任感，我们是沉重的，带有更多社会批判意识、群体意识和人道主义色彩。新生代宣称从个体生存出发，对生命表现出更多困惑、不安和玄秘。他们更富现代意识、更富超越意识，从感觉、思维、想象、意念、情感、建构能力都试图达到一种"超文化"的境界。他们在表现手法上一反意象化图景，追求淡化，崇尚自然口语，注重语感。在宽泛的意义上说，第三代包括目前尚处于潜流的诸多派别……

将"第三代诗人"置于历史的脉络中，通过比较得出其为新时期诗歌浪潮带来的艺术新质和新变，使舒婷的看法在具有历史感的同时，客观、公正且具有辩证性。"第三代诗人"普遍来自高校大学生、缺乏社会实践，且分散于各地，很容易使其在打出口号后迅速分化。舒婷在文中指出的"但我认为他们刚刚开始"，"我们不知道第三浪潮为期有多长，会不会不待它达到历史最高水准就已分化消失"，恰恰如预言般切中了"第三代诗歌"的发展轨迹，这不能不说舒婷是有眼光的，即使此时她的诗歌创作已越来越少，但她对于诗歌的了解和诗坛的关注却从未减少。最后，舒婷结合艺术的规律对"第三代诗歌"提出了自己的忠告与期待："我深深知道：在艺术领域中任何新的探索都是有意义的，犹如长江漂流遇险者那样，我们不会忘记你们。对于年轻的挑战者，我要说，你已经告诉我们，你将要做什么？那么，让我们看看，你做了什么？因为，对于一个诗人，再没有比他的作品更雄辩的了。"从上述言论中不难看出：舒婷作为"朦胧诗"的代表诗人，不愧为"第三代诗歌"或曰"后朦胧诗"的前辈，她敏锐地看到揭竿而起之后必将泥沙俱下，而留下来的诗人是通过作品实现的，任何诗歌以外的行为都无法代替诗歌本身。

没有比本省诗人谈论本省诗歌和诗人创作更具有相当程度上的真实性与可信性了。与《不要玩熟我们手中的鸟》相比，《"退役诗人"说三道四》①堪称一次福建当代诗人和诗歌点评录：从当代开拓者蔡其矫，到由其发掘、扶植的青年才俊汤养宗、叶玉琳、游刃、安琪，还有吕德安、海曙、萧春雷、江熙

---

① 《"退役诗人"说三道四》一文收入长江文艺出版社 2012 年出版的《舒婷随笔》时，题为《退役诗人说三道四》，本书相关引文依据《舒婷文集 3·凹凸手记》，江苏文艺出版社 1997 年。

等，"综观以上几个名字，我不无惊讶地发现他们恰好均匀分布在闽东闽北闽西闽南和闽中。这样，他们各自不仅露出一条个性的尾巴，身上必还有地域的甚至气候上的瘢痕了"。通过一个"退役诗人"的说三道四，我们可以清楚地看到当代福建诗坛的代表诗人及其分布格局。舒婷在评价他们的诗作时当然也是向诗坛介绍了这几位诗人，而她在结尾通过反问表明这些诗人是当代中国最好的诗人，即是对"后辈诗人"或者说"在役诗人"的鼓励和肯定。

其三，对文体和语言等的认知。舒婷既是著名的诗人，又是一位出色的散文家，她对于文体和语言的认识自有独到之处。对于诗歌，她曾在散文中介绍自己的看法："真正的诗歌一旦产生就脱离母体，自动运转，发光，在人类的精神领域里获得轨道……当语言成了生存唯一的舵，诗是瑰丽的北极光，变幻莫测，朝圣的航线必须破冰前进。"[1] 而对于散文，她则认为"散文还是不修篱笆的好……要看去无心，读来有意"[2]。舒婷还曾借用另外一位散文家的话，将诗歌比作"丝绸"，将散文比作"棉布"[3]，而棉布似乎更适用于我们，因为写散文让语言得到了松绑，最大限度表现写作的自由，同时又能贴近日常生活。对自己"从事"的文体和语言的认识，充分反映了舒婷的创作

---

[1]　舒婷：《语言为舵》，《舒婷文集 3·凹凸手记》，江苏文艺出版社 1997 年，第209 页。

[2]　舒婷：《散文之小器》，《舒婷文集 3·凹凸手记》，江苏文艺出版社 1997 年，第 159 页。

[3]　舒婷：《棉布时代的散文书写——在华语传媒大奖上的答谢词》，《舒婷随笔》，长江文艺出版社 2012 年，第 219—220 页。

观念及其嬗变过程。应当说，以诗歌走上文坛的舒婷在感受到诗歌属于青春和激情之后，在不断适应现实生活中选择了散文。散文让其更为自由地表现自己的所思所想，同时也使其对这种写作者均可以驾驭的文体有了更为深刻的认识。她对小说家写散文、诗人写散文和散文家写散文，都有自己的看法和辨别的方式："如果不能把文化视角的尖端平民化，至少使日常生活情趣盎然，尽其可能挖掘更深层的寓意。"二十世纪九十年代兴起了各类散文，如"文化散文""历史散文""学者散文"等，舒婷理想中的散文是贴近生活，从心灵中流淌而出的，这使其散文创作和语言的驾驭总是紧贴时代和现实，她不强求自己散文有何主观的框架，也不在意可以被分到何种类别之中，她只是通过写作表现语言的魅力，并最终在转向散文创作后取得了巨大的收获并保持了写作的活力，她随意而谈、无拘无束的散文风格同样也来自于此！

第六节　风俗、游记及其他

舒婷有些散文是写闽地风情的，这一点在其近作《真水无香——我生命中的鼓浪屿》中表现得最为明显（具体解读见本书第五章）。既然涉及地域风情，那么，凸显本地特色也就成为一种必需。舒婷曾写了大量关于美食的作品，这些美食和风俗、地域联系在一起，令人读来心向往之。

在《今天吃什么好呢?》一文中，舒婷通过对吃什么的追求涉及如何吃的问题。"吃的风水跟文学流派一样，三年一转还嫌慢呢"，"从朋友邀请的饭局里，可以管窥饮食文化新潮流"，是舒婷对于美食的"阅读经验"。文章虽然不长，但却追溯了童年以来的美食史：从童年生活困窘、食材短缺，美味更多在半梦半醒中获得，到新时期舌头享尽风光，粤菜、川菜、京菜、北方的饺子、兰州拉面、新疆烤串悉数登场，到对厦门南普陀闻名遐迩的素菜"半月沉江"的介绍，美食让人陶醉，也让人烦恼，所以发出"今天吃什么好呢？"的疑问也就成为一个必然。

对于美食的书写，舒婷总是和当地的习惯和实际情况联系在一起。她更多时候写的是自己熟悉的事，因而具有很强的风俗色彩。在《好汤送苦夏》中，她所写的"活鱼汤"和"素淡而经济实惠的豆腐羹"就颇具情调——

豆腐做汤民间有多种约定俗成的配方，常见的鲢鱼头豆腐汤，拿极腥冲极淡，拿极淡解极腥，中和后的效果是"浓妆淡抹总相宜"，自然鲜美。山区有名的红菇豆腐汤，非但纯朴，另有一股野味儿，然而孩子不敢喝，每做此汤，唯我独饮，直到腹胀如鼓。

遂另起炉灶，取一板嫩豆腐揉碎，冷水下锅，同时放上红萝卜丁、青豆仁儿、黄花菜末、香菇丝。最好有干贝，也可以干虾仁代，连虾米都窘困的时候，切点肉丝也行。常常加以搅拌，以免豆腐又成板块。微火小煮片刻，勾薄芡，打一个蛋清，起锅后撒上葱末或芹菜末和胡椒。

此汤清爽淡雅，红黄绿白，自称五彩缤纷羹。

从上述文字可以判断，舒婷是一位美食家，也是一位大厨。她烹制美食，既有传统精神，又常常能别出心裁。尽管有时会为此付出代价，但她能够做到捏着鼻子咽下，则既显露厨艺精神又显主妇品格。或许正因为如此，她对于一些菜系和菜品的演变都十分明了。《春卷的传家之累》讲述厦门春卷的演变和具体做法，颇有传神之笔："春卷在厦门，好比恋爱时期，面皮之嫩，如履薄冰；做工之细，犹似揣摩恋人心理；择料之精，丝毫不敢马虎，甜酸香辣莫辨，惊诧忧喜交织其中。"做春卷是闽南许多家庭的传统节目，几乎是每个家庭都喜爱的，同时又是考察厨艺的"必修课"，因此，尽管常常为此"厌烦"得不行，但最终还是要"重拾旧河山，把老节目传统下来"。而在《民事天地》中，舒婷又将对美食和吃的理解上升到一种理论高度：从"家吃国吃"到"南吃北吃"，再到"大吃小吃"，舒婷对于美食的解读家国兼济、从南到北，可以让人在领略美食天地的同时，和民间风俗紧紧地联系起来。

舒婷的散文中还有大量的游记。《迷津不知返》《海魂》《达赉湖畔》《除却雁荡不是山》《通衢通衢》《仁山智水》《鹰潭流落记》等，是舒婷在国内的游记。以厦门鼓浪屿为出发点，舒婷的游记一面讲述游历之所见，一面有着自己独立的思考。在《除却雁荡不是山》中，她写有"雁荡山的玲珑剔透，我想是因为水的斧迹和滋养"；在《仁山智水》，她又有"男人们向山汹汹然奔去，山迎女人娓娓而来"……就是其边走边想的明证。

鉴于充分领会游历层次的高低在于一种心境，美总是离不开主观感受的检验，所以游历中的舒婷更多写出的是一种发自内心深处的欣赏："其实山水并非布匹，可以一段一段割开来裁衣。心境的差异，犹如程度不同的光，投在山水上，返照出千变万化的景观来。"这种心态对于读者同样是有借鉴意义的。

与游历祖国的大江南北相比，舒婷还因参加诗歌节、文化节和受邀等走过世界许多地方。《在开往巴黎的夜车上》《空信箱》《意大利快照》《情有独钟》《我在维也纳大街上把自己丢失了》《榴梿国度》《上帝的恶作剧》《浪漫新德里》《重返波巴尔》等，记录了自己到世界各地的见闻。虽然有语言和文化上的障碍，但舒婷记下了自己的见闻，使这些散文具有"发现的魅力"：这些作品由于作家所见景象之新而新，而源于"我没有其他什么才能，唯一可以夸口的天赋是迷路"（《我在维也纳大街上把自己丢失了》）和东方女性特有的性格习惯造成的一些"误解"和"歧途"，又常常为其异域中的行旅带来许多乐趣，令人读来发笑。

除游记之外，被列入舒婷散文作品中的，还有诸如《惠安男子》《小泥匠哥哥》《梅在那山》《丽夏不再》《最是寂寞女儿心》《"神药"》式的作品。这些作品如果就文本叙述的角度来看，可列入小说一类，但或许是出于体裁和编辑的角度，一律被列为散文。《梅在那山》讲述了知青年代金泉哥的婚姻，《"神药"》回顾了"李伯伯"的后半生，《小泥匠哥哥》讲了阿水哥的故事……在这些故事中，舒婷使用了散文的笔法，但文章本身又是有头有尾、有人物的故事。如果要将这些作品勉强进行分类，那么，它们也可列入叙事散文之中，但其非典型性的特征又使它们留下很多线索。考虑到近年来文体分类大有兼容、界限越来越模糊的趋势，这些作品不妨看作舒婷带给我们的启示并作为一个新的研究课题。

与上述散文相比，在舒婷的创作中，还有一本非常特殊的作品，此即为《舒婷影记》。《舒婷影记》1998 年 9 月于河北教育出版社出版，系铁凝主编的"红罂粟丛书·珍藏版"系列丛书之一。《舒婷影记》由舒婷精心挑选出来的一百余幅照片以及由照片引发出的文字组成。"这些文字，或诠释照片，或叙述往事，或抒发感慨，或思念亲友、师长……是照片引发了文字，而文字又丰富了帧帧照片这方寸之间的内涵。是照片引我们注视起写作之外我们自己的生活，亦使我们每个人对这本影记的写作比对其他时刻的写作投入了更多的兴趣和情感。"《舒婷影记》由于"侧重的是与作家的生活、阅历、写作、亲情、友谊相关的那些直观而真切的图版……这样的照片，因为平凡而质朴，也许更能引入怦然心动，读者会从中看到作为一个'人'的她，而不仅仅是作为一个'作家'的她"①。《舒婷影记》图文并茂、诗文相间，确实创造出了一种新的写作形式，它在整体上可以作为一部散文但有明显的文体综合的倾向；它通过图片记录了作家的生活，因此在某种程度上也可以作为一部"自传"，进而引起我们的关注。

---

① 铁凝：《"女作家影记"序》，舒婷著《舒婷影记》，河北教育出版社 1998 年，第 1 页。

第七节　舒婷散文艺术初探

综览舒婷的散文，我们可以从如下三方面去总结其散文艺术：

第一，是诗性的散文。舒婷是从诗人身份进入散文创作的，这使其散文会自然而然地带上诗的色彩。即使仅从形式上着眼，舒婷的散文绝大多数段落不长，多提行叙述，在直观上就可以看到诗的影子。不仅如此，这种可称之为诗行排序的特点，也因为排列而具有结构上的跳跃性。舒婷的散文不太注意内容上按部就班的起承转合，但却十分注意散文表达的完整性——

河面被寂静遮暗。水声、松涛、虫鸣和杵衣的起落，隔着这层寂静显得极为遥远，极为飘忽，无迹可寻。

桥是唯一的真实，清晰可辨。

桥头屋那糟朽不堪的木门敞开，粗壮了许多的灯苗把一片人影压在门外的草地上。"灶鸡"躲在墙根叫出了一圈又一圈漪纹，小风似的一阵凉一阵。

他们在听故事。

他们中有人读过函数；有人正收听外语广播，偷偷地；有好些人打起架来一副拉茨相。拉茨也是故事中听来的。

河上的风，扑打得小油灯挫身舞蹈。讲故事的后生佬脸被灯影幻出许多怪样，倒是嗓子好听。那声音暖和且有磁性，虽然有点儿低沉，因为那故事本身就很忧伤。

　　小提琴卧在抹得干干净净的破香案上。

出自《心烟》中的这几段叙述明显带有诗性气质：它们灵动、跳跃甚至彼此之间没有过多内在的连续性；它们随着思绪流淌，充满着诗意的想象；它们多用修辞，生动、形象且有抒情性，而这些正是属于诗人的特有讲述方式。

　　诗性散文不仅让舒婷的散文带有诗的特质，而且还可以和散文诗产生密切关联。鉴于这种关系的探讨本身具有一定程度的复杂性，所以，我们依然从诗性的角度出发。在《荒园笔记》中，舒婷以"笔记"的形式写下了四段散文。这四段散文每段开头多以"一切生命似乎照常进行"，"巨啼落下并无先兆"，"薄薄的阳光渐渐浮起，结成百花泪痕"为开头，带有明显的诗意色彩，其后的叙述多段落较短，不时以一行句子为一段，像诗一样的叙述让其具有散文诗的特征，同时也显现了诗人散文的特有面相和艺术气质。

　　既然是诗性散文，用舒婷的诗和其散文进行"互训"也就成为一种可行的解读方式。当然，舒婷的诗创作在前，散文创作在后，这可能使两者之间不能保持同步，而且由于散文往往能更为详细地表达内涵，是以，通过舒婷的散文看待其诗歌的情况往往比比皆是，如《生活、书籍与诗——兼答读者来信》《以忧伤的明亮透彻沉默》《寸草心》《硬骨凌霄》，等等，但在另一方面，我们完全可以通过舒婷诗歌与散文之间的主题、叙述风格来看到两者之间内在的一致性：舒婷九十年代的诗歌有叙述性明显增强的特点，这是否可以作为其创作思维转变并越来越适合于散文创作，进而产生两者融合的文体，并持续吟唱下去的原因与结果呢？

第二，自然的叙述与无意而成的结构。正如舒婷说散文是她的"自传"，像从内心流淌出来的清澈而温暖的泉水，舒婷的散文娓娓道来，颇具自然、流畅、无技巧之风范。在《满载爱情的婚姻之舟》中，舒婷从"一个孩子慢慢长大了"谈起，然后谈到幸福和不幸的婚姻，"只有爱情常新"；"于是有了孩子"。舒婷接下来还讲到了"婚姻、爱情和性，常常不能两全或三全，有时被分离和切割，甚至作为商品交易"，到最后，舒婷落笔于"我仍然要对孩子强调，有爱情的性是美好的，有婚姻的爱情是完整的，它们珠联璧合才叫作幸福"。虽然就对象而言，舒婷在文章中更多是以自己的儿子为倾诉对象，但其实舒婷在此表达了自己对于爱情、婚姻和生活的看法，如一个家长和孩子谈心，带着如沐春风的感觉，舒婷的叙述自然、循循善诱，可以让人在阅读过后受到相应的启示。

从散文的开头到结尾，"自然的叙述"不仅显现了舒婷散文创作过程中"破题"的能力，而且也显示出其在"收尾"时具有独特的技巧。也许，舒婷并不承认这一切是有意而为之，她只是自然而然地讲出了自己的想法，但如果没有真情实感和长期的准备、实践，是无法达到这样的状态的。"自然的叙述"就其实际效果来看，还使舒婷散文的结构具有独特的魅力。她的叙述随思绪自然流转，既有信马由缰的状态，又有鞭辟入里的深刻。她的《小气的男人与撒谎的女人》从"民间故事及寓言里，悭吝鬼都是清一色的男人"谈起，一下子就在开头抓住读者的眼睛。然后，她话锋一转，谈到厦门人和福州人的差异性，这时她的叙述已使散文转入实证阶段。之后，她又分述自己对于"小气的男人与撒谎的女人"的看法——

　　和小气的男人同路，腰包坚硬的话，只需手指掏得勤快些，还可以自诩管仲，因此豪气顿生。若是囊中羞涩，不妨大家装聋作哑，或者实行AA制，彼此轻松。
　　与爱撒谎的女人共处，你得提高警惕，时时看顾好你的名誉，你的自尊和你的情感，却仍然防不胜防。往往于你是一支暗箭穿心，或是一瓢无由的污水溅身，于她不过是闲来无事磨磨牙罢。

就表面上看，舒婷的叙述就是东拉西扯、漫无边际，且前后的表达方式也不尽相同。但在这种貌似没有逻辑的叙述中，舒婷却建构了她散文的结构——零散化、多元化、一波三折、叙议结合是舒婷散文的结构特色。无论是写人、叙事，还是说理、表达观点，舒婷都将自己的思想主线贯注于看似凌乱、多线条的叙述中，紧扣标题，围绕一个核心多维度、多角度展开，在一个并不太大的格局中做到天马行空、信手拈来，她的"自然的叙述和无意的结构"，充分体现了她对于散文"形散神不散"的理解与把握。
　　第三，生动、幽默与日常化的语言。舒婷的散文在语言方面生动、幽默，多以日常化语言为主。在《"你给我下海去！"》

一文中，舒婷在开端这样写道——

　　和丈夫阴谋许久，终于有了一间书房，却是以牺牲儿子的卧室为代价的。

　　现在儿子的小床和我们成对角，家事国事，事事参议，且领衔主演意识甚浓。

通过叙述家常，讲了一个父母"算计"儿子的故事。书房问题虽暂时得到解决，但这显然不是长久之计："书橱渐渐老去，儿子渐渐长大，烦恼随之滋生。"终于有一天，像许多同仁一样，买电脑被提到议事日程上来了：家里要精简开支，儿子要自己编程，但一旦想从儿子身上节约一些开支时——

　　儿子顿时做怒目金刚状，以足擂床，响声之巨，令隔壁书橱门乒乓又震开几扇：

　　"你给我下海去！"

　　任何事物都需代价。当初算计了儿子的卧室，而今任何未出笼的家政大计，必受其一票表决权制约。想想，真要台电脑，不是牺牲儿子的游乐权，丈夫的购书癖（他已烟茶酒不沾，每月除了小店理发一次再无其他花销），就得牺牲我的"文字"情，下海去。未及深想，已有一足踩空的眩晕。

　　罢了，电脑！

从开头到结尾，舒婷都以日常化的语言讲述一家人的故事：有"诡计"，有"大计"，也有"无奈"，但也不可避免地因此而"聪明反被聪明误"。读者可以在此间领略到一家人有趣的生活，"阴谋""以足擂床""算计"等词语以及儿子大喊的内容，让散文生动、幽默，令人读来不由得莞尔一笑。

熟悉舒婷的人大致都知道，她是个在见面、交谈的时候爱开玩笑的人。这样的习惯在其散文中是随处可见的。像《"退役诗人"说三道四》中"离休诗人""雄性诗人"的说法；像《有朋自醉乡来》开头关于"舒婷先生"的打镲，都体现了其特有的语言风格。通过比喻、仿词等修辞，将简单的事物或行为生动化、具体化，舒婷的散文出自日常，却能达到幽默、不俗的效果——

诗歌是青春期的流感，来势迅不可防，热度一下蹿得很高，然后很可能就消退得无影无踪。能把这场感染转化成激素永久保存体内的还不定是真正的诗人。有些人因为环境，他们的工作与诗有关；有些人因为功利，他们的社会地位与诗有关；还有些人出自对自身气质、禀赋、倾向的误解，为伊消得人憔悴，不过是一场单相思症罢。不比球迷只在场边欲仙欲死，终生却捞不上一脚，诗迷完全有能力凭一支笔一张纸就给自己设置射门机会。

——《诗的成人礼》

刚走进玻璃鱼缸，四尾蠢头蠢脑的肥鱼立刻激动起来，几将半个脑袋跃出水面，呆滞的凸眼渴望着，吧唧吧唧张大嘴巴，等待投食。这就是金鱼每天一次短暂的幸福时光。如果能学气功或坐禅，清心寡欲的鱼们肯定进展神速，说不定很快练出两条秀腿来，半夜爬出鱼缸，私自打开冰箱取冷冻红虫当宵夜；或日久暗生情愫，插上电饭锅，替王老五煲粥做早餐呢。

　　　　　　　　　　　　——《鱼缸里的幸福生活》

　　两段话都以日常口语叙述，但由于使用了生动、幽默的语言，却让人读来颇具兴味和情调。或是通过修辞加强散文语言的艺术表现力，或是将所述对象进行人称和视角的转换，这种效果的产生不仅充分显示了舒婷高超的语言驾驭能力，同时也表现了舒婷丰富的艺术想象力。它们可以在不知不觉中感染读者，让人置身其中，并随着舒婷思绪的流动深入下去。

第五章　个案分析之《真水无香》：诗意栖居中的恬淡情怀

2007年10月于作家出版社出版的散文集《真水无香》堪称舒婷散文创作的里程碑，该散文集于2008年4月获第六届华语文学传媒大奖散文奖，后曾再次印刷，封面有所变化。至2018年5月，《真水无香》再次于作家出版社出版，其内容虽无变化，但从书名增订为《真水无香——我生命中的鼓浪屿》的情况来看，舒婷明显是突出了文集的主题，即对居住地鼓浪屿的深情，并以细微的调整凸显了她所理解的"真水无香"的含义。①

为了能够全面把握《真水无香》的艺术成就和其对于舒婷的意义，本文在解读过程中选择最新的版本为例。"很小的时候，我总问外婆，为什么我会生长在鼓浪屿这样一个地方？外婆回答得很明确简练：上帝的旨意。"最新版《真水无香》扉页中央的这一小段概括，在某种程度上使舒婷关于鼓浪屿的记述具有了与生俱来的宿命感。鼓浪屿之于舒婷，无异于生命之源。舒婷生命中迄今为止的岁月，几乎都与鼓浪屿息息相关。舒婷

---

① 2018年5月出版的《真水无香——我生命中的鼓浪屿》，在扉页上还是有变化的：此次出版的散文集扉页上的文字与2007年版的有所不同，且明显有将原来在扉页出现的"我的生命之源——鼓浪屿"变为书名副题的倾向。

将关于鼓浪屿的点滴记忆和生活经历融入散文之中：如果鼓浪屿本身是"真水"，那么，舒婷对其的体验和感悟则使"无香"的"真水"散发出浸泡后的香气，这股香气清淡而悠长，扩散至遥远的时间和空间，留下一段又一段值得铭记的故事。

第一节　"岛上"的风景与世界

在第六届华语文学传媒盛典"年度散文家"关于舒婷的授奖辞中，曾这样评价《真水无香》："舒婷以诗立世，以散文延续写作的光辉。她的散文集《真水无香》，集中描述了一个岛屿上的历史和现实，那些并不渺远的人和事，通过作者内心的回访，洋溢出一种令人叹息的真情和感伤；舒婷对生命记忆的检索，对细小事物的敏感，对历史人事的温情和敬意，坚定地向我们重述了那些不可断绝的精神纽带对人类生活的微妙影响。"①《真水无香》是献给鼓浪屿的一部生命之作，在三十四篇散文中，舒婷常常将鼓浪屿亲切地称为"岛上"：岛上意味着四面环水，意味着孤独的悬浮、孑然自立，但这并不是一个默默无闻的岛屿，它有着悠久的历史，有着美丽的风景。从古至今，它有过很多名字，而"鼓浪屿"的得名源于岛西南方海滩上有一块两米多高、中有洞穴的礁石，即人们熟称的"鼓浪石"，每当涨潮水涌，浪击礁石，声似擂鼓，这种通过最突出事物而获得的命名，一下子使"岛上"有了悠远的历史感和自然意义上

① 舒婷：《真水无香——我生命中的鼓浪屿》，封底文字，作家出版社 2018 年。

的形象感。鼓浪屿不仅是我国著名的风景名胜区，而且还是世界文化遗产，其自然景观之优美、文化底蕴之深厚，由此可见一斑！

毫无疑问，鼓浪屿是美丽的，也是值得赞美的。从二十世纪八十年代诞生的在大众中广泛传播的《鼓浪屿之歌》，到今天不断浮世的关于鼓浪屿的诗与歌，鼓浪屿的景致往往令人流连忘返。如果我们以"舒缓平静的生活画卷"来概括舒婷在《真水无香》中对鼓浪屿的总体描述，那么，这幅通过散文呈现出来的画卷首先书写了锲入心扉的小岛风情。鼓浪屿中的舒婷，在她的生命镜像中永远铺长着葱郁的精神草原，她珍视这份能够扎根岛中的幸运，也将原本琐碎无味的生活附着上难得的乐观。小岛绸缪如蜜的自然和人文风情孕育了精神世界丰富的文化图景，钢琴的音阶也整日在这小小的地域练习转换着音调，这就是舒婷耳濡目染的家乡。"上帝的旨意"使她从小就在诗意的栖居所生活，悠闲的生活节奏、忽高忽低的路面也成为岛上"行走的风情"，机动车的缺席使岛屿整年洁净无尘，也带给作家日常生活的无尽奢望与想象。舒婷笔下的鼓浪屿，是一方自然天成、温文尔雅的家园。她以一种爱恋的眼光观察，用敏感的心灵去刻画每一隅之美妙。在《快镜头》中，她既写出了"最先吸引我的总是植物日新月异的表情和层出不穷的花招"——从扶桑、变叶木、灯笼花到美人蕉，至于"攀篱翻墙"的喇叭花，广播的是小草小花小道消息；菠萝蜜"把肥嘟嘟果实掖在胳肢窝里，像一只只刺猬抱附在巨大的树干上"；晶莹饱满的莲雾努着红唇，得不到接吻就熟透了，一地都是破碎的淋

漓的心……又将石坡上的欧式建筑、小男孩、老两口等一一纳
入镜头的组接和演绎之中。除此之外，小岛上的台风、潮起潮
落、鱼的遐想……都带有神出鬼没的机灵，万物相惜的可爱。
舒婷用语言的水彩描绘出"印象派"风格的超清动态图，图中
活泼的生灵、沁入心底的美丽景象自然而然地带有独特的异质
美，它们和人类一样有性格、情怀和生命的气息。

其次，是万物生长的风花雪月。许多动植物的生长经历及
其特定场景，也在舒婷的《真水无香》中一览无余。作为一种
客观对象物，舒婷不只描写了自然万物的客观存在，还赋予这
些生命以真实情感。这些可爱的物儿总能通过舒婷的描绘最终
融入生活，并与鼓浪屿联系在一起。在《鸟的另一种捕鱼方式》
中，舒婷以"鸟在鼓浪屿是荣誉公民"为开端，既写"居家周
围是鸟的快活林"，也写"鼓浪屿建了一座供游客观赏的百鸟
园"后发生的一些故事，还有自己当年曾经养"少年黄莺"的
经历，而其感悟则在于——

　　要听鸟鸣，并非一定要制造离别失恋，乃至殉情
惨案。我家四周那些户口齐全鸟丁兴旺的披毛家庭，
不乏快乐的啁啾之声。清晨与黄昏，众树喧哗，天空
布满各种花样翔技。白天里，不时有浅吟短唱如雨打
窗；外出夜归，惊动树上的美梦，喁喁嘀咕，带着浓
浓的睡意。

而对于植物，舒婷则立足于"鼓浪屿原本天生丽质，一年四季

都有碧波绿树鲜花。只有本岛居民才能深切感受到植物的拥抱和依偎是如何的与我们息息相关",表达了"我情愿相信,植物不但懂得而且渴望抚爱"(《一茎一叶总关情》)。舒婷是一位喜欢同时又了解植物的作家:"与其说我迷恋花草,不如说更迷恋植物的芳名。"她认为"植物的名字充分体现了人类的观感、文明、智慧,充满想象力"(《芳名在外》),不仅源于一种知识,更源于一种实践经验。在对"绿肥红瘦"的抚爱和宠溺中,舒婷讲述了鼓浪屿上植物生长的奥秘,更讲述了自己沉迷其中获得的体验。

第三,是无限放开与收缩的世界。《真水无香》是献给鼓浪屿的歌,但结合舒婷所述内容来看,这部散文集明显是以鼓浪屿为视点,在时间上采用"过去—当下",在空间上采取"岛上／岛外"的叙述模式。由于其时间模式在以后的论述中还会提到,此处只从空间上着眼。"今年秋天,我外出多日回来,沿鼓浪屿环岛路散步,发现花圃、草地、篱笆、行树不但更为葳蕤,像多日不见的孩子长高变漂亮了,而且还有不少新移民正在进驻"(《一茎一叶总关情》)。由外至内虽离不开时间,但空间的位移却往往带来新的发现和比较。《我们生活中的动物演员》《狗无宁日》也是如此,只不过空间的视野更为广大,从国外到国内、从北京到此地,虽最终都回到鼓浪屿岛上的生活,但实际上提供的却是一个无限放开和收缩的世界。通过这样横向比较式的书写,舒婷可以更为广阔、灵活地表达散文的主旨,同时也充分表达了鼓浪屿的独特性。走遍千山万水,走不出你的世界,鼓浪屿既是起点、也是终点,而这样的书写则使鼓浪屿的形象更为立体、生动、真实、可信。

第二节　一部自传和成长的记忆

舒婷很早就说过"散文就是我的自传"[①]，但从以往的散文创作来看，舒婷的"自传式散文"多为单篇小制，但《真水无香》是不同的，尤其是最新版的《真水无香》，直接以"我生命中的鼓浪屿"为副题，将散文集写作凝聚成一个系列，直接聚焦于"鼓浪屿"，是以，此次"自传"会变得具体、深入、集中，所涉内容也会丰富许多。

按照一种时间顺序，舒婷的"自传"可以从"家乡"谈起。在《一根幸运的木棍》中，舒婷从汉语"家乡"一词说起，牵连起自己和鼓浪屿之间的"必然联系"：父亲生于鼓浪屿，父母的婚礼在鼓浪屿举行，哥哥生于鼓浪屿，"我"原本要生在这里，但由于父母参加土改工作而生在石码，又由于无人照顾，在四个月大时就被外婆抱回鼓浪屿。丈夫出生在这里，儿子出生在这里，"鼓浪屿已经把我牢牢系在她的衣角上。她甩我不掉，我离她不行"。"我"长年生活于此，因创作成名而被誉为"第一个完成诗意栖居的作家"，"我的家族，我的认知，我的生存方式，我的写作源泉，我的最微小的奉献和不可企及的遗憾，都和这个小小岛屿息息相关"，因此，"虽然资质平常，我却心

---

① 舒婷：《沦陷于文学》，《舒婷文集2·梅在那山》，江苏文艺出版社 1997 年，第 311 页。

甘情愿做鼓浪屿这一支幸运的木棍"。

写过在鼓浪屿的锻炼、散步，回忆过知青时代回家探亲的场景，也写过《致橡树》（当时叫《橡树》）在岛上诞生的过程，回忆过与祖母、外婆生活的经历，当然还有一个个"渐行渐远的背影"……虽然《真水无香》中的散文每篇都是独立的，具有自己的结构和散文时间，虽然舒婷使用了自由、散漫的笔法，常常让篇与篇之间的时间呈现自由穿梭、不断重复的状态，但在总体上，舒婷还是将自己的记忆以前后顺序的形式放置在一起，分成五个系列，贯穿祖辈、父辈和自己三代人的时光，进而让读者领略到一部充分散文化的"自传"。

既然是"自传"，那么，最能引起我们兴趣的自然是舒婷关于自己的书写。以《在家门口迷路》为例，舒婷先介绍了"几代人都在鼓浪屿居住，而我"却能够"经常在家门口迷路"的背景。然后，是通过对风景的介绍渐次揭示迷路的原因——

小岛色彩浓烈，由于它的玉兰树、夜来香、圣诞花、三角梅；小岛香飘四季，由于它的龙眼、番石榴、洋桃，甚至还有菠萝蜜。这些大自然的宠儿被慷慨的阳光和湿润的海风所撩拨，骚动不息，或者轰轰烈烈，或者潜移默化，在小岛上恣意东加一笔，西修一角，增增减减，让一个拳头大的地方，坠住千万游客的脚，使他们总也走不出去。

险峭曲折的幽巷，苔迹的石壁和风格各异的小楼都是同谋……

也许真的只有诗人兼散文家才会写出这样的文字：没有直接回答为何常常迷路，而是毫无逻辑地写出小岛的景色并融入其中静静地欣赏。像一个岛外的人被鼓浪屿优美而陌生的景色迷惑而辨别不清方向。但事实上，又是一个不折不扣的岛上居民，徜徉于自己的私家花园，自幼就常常迷路，而后迷路常常被丈夫记录在案，又遭同行在文章中公开揶揄。"迷路"，是游岛一味；迷路之后"还是迷路"；迷路可以"牵强"地找到很多原因，但"迷路"的意外收获却在于不同角度、不同程度获得小岛的美以及由此生发的感悟："因为，小岛最美丽的地方变幻莫测；因为，一年之际，一天之际，最美的时辰在选择它的宠幸者而随心所欲；还因为，最美的地方，最美的时辰，还要有与之相谐的心境"。

与上述堪称现实的书写相比，《真水无香》还记录了舒婷成长的记忆。在《木棉树下的红房子》《固守家园》中，舒婷就通过鼓浪屿住的红房子写到了"历史"："我现在栖身的蜗牛壳，是丈夫家传祖业，也在中华路。"这座于二十世纪三十年代建造的红楼，有着厚重的历史。这座红楼，记录了奶奶婆婆和婆婆两代女性的命运，如今"我"已成第三代婆婆。由于日常工作和生活的不便利，鼓浪屿上的居民已越来越少，越来越老龄化，但我们至今还固守于小岛这座老房子，是因为丈夫出生于此，儿子出生于此。"他们的童年、少年、青年时代，与这座老屋相依相存……无论我喜欢或者不喜欢，木棉树下的红房子，是我丈夫与儿子的精神家园，因而，也是我生命的一部分。"虽然，所有的记忆最终都要和现实联系起来，但记忆毕竟是曾经的、带有选择性的浮现。也许，这些记忆是舒婷亲身体验过的，也许，它们也是通过他者讲述、了解而得，但无论怎样获得，它们都与舒婷产生了联系，也符合记忆可以再生长的特点，并可以作为"自传"的一部分。

在"自传"中嵌入成长的记忆，就结果来看，其实是丰富了"岛上"的故事，同时也丰富了舒婷的个人史。使用日常化叙事的视角，舒婷的"自传"充满了真情与温暖。从"家乡总是月白风清"到讲述"我们生活中的动物演员"和"生命年轮里的绿肥红瘦"，再到"留在石头上的家族体温"和"渐行渐远的背影"，舒婷从不同角度书写着"我生命中的鼓浪屿"，同时也在书写着鼓浪屿上的"我"。她以横向的视点呈现纵向的生命史，遂使散文集呈现出斑斓多姿的艺术效果。

第三节　款款深情的人物掠影

《真水无香》还记录了与鼓浪屿相关的人，尽管他们绝大多数已成为"渐行渐远的背影"。缅怀追忆鼓浪屿的历史，它虽是弹丸之地，但由于中西文化的交流与碰撞，逐渐形成了人杰地灵的"韵律"："特殊境遇、特殊交汇点，鼓浪屿的天幕，一时间群星荟萃。""这些人中，有的是生于斯、长于斯的原住民，鼓浪屿的风土人情成为其胎教之一，如林巧稚和颜宝玲等；有些人是从小移植过来的，受鼓浪屿开智，如张圣才、黄萱和林语堂等。"（《渐行渐远的背影》）原住民和移植者都在这个具有独特风土人情的地方，受到了影响其一生行为方式的陶染。他们的故事使"岛上"充满了人文色彩，同时也充满了传奇、灵气，令人陶醉与向往。

《大美者无言》记录了旷世奇才、大师陈寅恪助手黄萱的故事："渐行渐远隐入鼓浪屿岁月深处的窈窕背影中，黄萱的名字因了许多人自发的忆念和怀想，逐渐被关注"。这位九岁随母亲和祖母同来鼓浪屿的女性，有着不慕虚荣、平时低调的性格，也有孤行决断的一面。她能成为陈寅恪的助手绝非偶然，是因为大师发现了她的过人之处。从陈寅恪《关于黄萱先生工作鉴定意见》的内容来看，黄萱工作态度之认真、学术程度之高、独立工作能力之强，都证明其是难得一见的奇才。[①]正是她的存在，才使陈寅恪晚年的著作得以顺利完成。《夜莺为何弃学离去》记录花腔女高音颜宝玲的一生：这位 1924 年出生于鼓浪屿的艺术家，"是小岛一弯彩虹，由湿润的空气和明亮的阳光变奏而成"。通过描述颜宝玲早年受的音乐教育、婚恋生活，特别是决心将歌声献给故土和上海走红后因种种原因返回小岛，两次堪称人生关头的重大选择，舒婷复原了厦门一代歌后颜宝玲的形象。在记录颜宝玲最终悲剧性结局的同时，舒婷也反思了曾经沉重的历史，令人读来无限感慨。如果说以上所列两篇散文恰好记录了在鼓浪屿上生活过的两类人即移植者和原住民的生命历程，那么，透过这些故事，我们首先要恍悟的是，鼓浪屿上竟生活过这么多名人。他们有的生前默默无闻，有的早已闻

---

① 舒婷：《真水无香——我生命中的鼓浪屿》，作家出版社 2018 年，第 207 页。

名遐迩，但最终都因鼓浪屿而聚集在《真水无香》之中。从舒婷写作中可知，对于这些人，特别是生前知名度不是很高的人来说，舒婷的写作存在非常高的史料价值，而鼓浪屿也因他们驻足而闪烁出更为耀眼的光芒！

还有《书祭》中以"兄弟藏书"而著称的神秘传奇人物曾志学，还有《一手拿圣经，一手拿枪》中的基督教徒、有过间谍生涯的张圣才，他们的存在都为鼓浪屿加上了几分传奇色彩。当然，最具感情同时也是最能反映整部散文集精神的怀人散文自是《真水无香》。这篇回忆母亲平凡而又坎坷一生的作品，是作者多次在诗与散文中书写后的结晶。"作为一个女人，一个鼓浪屿生养的知识女性，我的妈妈再平常不过。但对我个人而言，她足够伟大，足够宽厚，足够我一生频频回首，再三呼唤。"毫无疑问，母亲的气味对于人类的幼年期具有重要的意义。因1975 年 8 月在鼓浪屿 45 号的"闺房"里看到母亲留下的红丝巾，而将母亲的气味写进诗中，母亲从此就成了舒婷诗与散文中的常客。但究竟何为母亲的味道呢？"如果一定要形容，打个不太贴切的比喻吧，我的妈妈类似薄荷，淡绿、清凉，还有一丝中药的苦涩。"或许正因为说不清楚，才难以忘怀、渴望重温；同样地，正因为说不清楚，才能反衬母亲的平凡而又伟大。母亲的美是带着忧郁而又温柔的美，是娴静而又纤柔的静谧。舒婷细数母亲的成长、婚姻、生活，那些通常用来形容中国女性的形容词，几乎很难套在母亲身上，因为妈妈"不能吃苦耐劳"，"不知勤俭节约"，"谈不上聪明才智"，"并不艰苦朴素"，且"妈妈远不是那种能与命运抗争的坚强女性"，但母亲又在被动中达到了上述要求，"这个世界对她太复杂太沉重太悲伤了"。母亲最终英年早逝，留给舒婷无尽的思念，也留给她历久弥香的味道，并随着岁月的延展越来越浓郁芬芳。

从某种意义上说，"母亲的味道"是最能体现"真水无香"之内涵的："母爱如水，我的杯子却空了！""母亲的味道"纯洁、澄澈、迷人，令人回味无穷，遐想无限。"真水无香"同样是一种境界，立于不同的角度，它同样适合那些"渐行渐远的背影"以及曾经他们共同生活过的鼓浪屿。自然、平静、清澈、淡漠无痕、空阔无边，需要借助感悟理解其中的深意，这是"真水无香"蕴含的奥妙之处，同样也是散文集《真水无香》渴望给予读者的启示。

第四节　润物无声的艺术品质

不论是记录孩提时代还是步入中年有感，《真水无香》的字里行间流转的是闽南的风情、鼓浪屿的气息，无论是岛屿中慢节奏的人物剪辑，还是小岛上别具一格的气候与建筑群，抑或是草木鸟石、名人事迹。舒婷用她敏锐的感悟力呈现平凡得与众不同的美，并用诗一般的语言和图像为这部散文集增添更多玲珑剔透的风雅，赋予了它润物无声的艺术品质。

从头到尾翻阅《真水无香》，首先可以感受到娓娓道来的诗性品格。《真水无香》从形式上看，几乎每一页面都精心设计、排版，独具匠心。从目录页开始，舒婷就将读者带入一首美妙的诗中，和传统的目录呈现形式完全不同的是，每一章每一节标题的布局都充满美感，每个富于语言美的标题都用破折号连接，欣赏目录成就了一番绝伦的美妙感受。散文集正文的每一章的第一页都用一幅泛黄老照片式图片做背景，附着这一章里最富感召力的句子，让人在品读内容之前就不自觉展开想象的空间。每一节文章开头的标题旁边，都附加一张或两张图片，对题目和文章内容进行更为具象的补充，并对每篇散文整体的排版起到了很好的点缀作用。此外，几乎每两页都会插入一到两张与文字相称的图像，每幅图旁都引散文原句相配，将图片的表现力发挥到极致。

如果上述是从形式上呈现了《真水无香》的美感，那么，《真水无香》的诗性品格更在于它的内容。出于一个诗人散文家特有的笔法，舒婷的散文有浓郁的抒情色彩，她的散文多以跳跃式的叙述体现诗歌对于散文写作的影响。她的散文讲究看似无意的雕琢，并将饱满的情绪化入文字之中。她的语言力求生动、活泼，因此多用比喻、拟人等修辞，与此同时，她还非常注意"炼"字、"炼"词、"炼"句，加之她对语言驾轻就熟的把握能力和女性特有的细腻温柔，都使《真水无香》时而婉转低回，时而幽默诙谐，从而将其对生命记忆的复现、对细小事物的感知都一一呈现出来，可以这样说，阅读《真水无香》，与其说是在欣赏一部散文集，不如说是在品读一幅优美的闽南风情画卷，和一系列关于鼓浪屿的叙事与抒情交融的长诗。

其次，是深刻的感悟和真挚的感情。舒婷之所以在《真水无香》中写出了令人沉醉与向往的鼓浪屿，和其对栖居地上的景与物、人与事的深刻感悟是分不开的。由于时间的流逝，鼓浪屿的今昔难免发生一定程度的变化甚至是物是人非。舒婷曾谈及拿一张照片找寻风景的情节，然而问过的人都不知道有这样一个地方，所以她说："我们得到的，转瞬就要失去；我们失去的，正悄悄从另一条径向我们接近。只是我们不自觉罢了。"（《在家门口迷路》）应当说，舒婷对于鼓浪屿的感情是复杂的。正是因为她一直生活于此，所以才更能理解岁月流逝会带来什么，留下什么。也正因为如此，对于鼓浪屿上的植物、动物和人，她才会饱含深情。与此同时，我们还应当看到的是，作为一位诗人散文家，舒婷有着敏锐的观察力和感悟能力，她总能在细小的事物中发现生活的哲理和生命的价值。她有经历后的快乐与满足，"我很幸运，生长在这样一个南方岛屿，春夏秋冬，日日夜夜，与绿树鲜花呼吸与共"（《凤凰"市树"的兄弟姐妹们》）；她也有无奈和感伤，"只在梦想中抚摩这些尘封的故事"（《失语的石头》），而这些感悟又为《真水无香》笼罩上别样的色彩。

怀着对鼓浪屿的挚爱，《真水无香》的情感真实感人，发自舒婷的灵魂深处。对于"岛上"的一草一木、一人一物，舒婷都抱有真情实感。正是因为知道一切都会远离直至流逝，舒婷才更珍惜眼前的一切，才会写出鼓浪屿的美与品格，并将其贯注于花草树木、飞鸟鱼虫之上。对于"渐行渐远的背影"，已届中年的她"流了好几回眼泪"。在这个自给自足的弹丸之岛，出过举世闻名的教育家、艺术家、济世名医和跨国富豪，他们是"鼓浪屿的浪漫梦想、务实才华与博爱精神"，为此，值得去花费时间和精力整理先贤的资料，让尘封、远去的历史和人物重新出现在人们的面前。无论就写作的对象还是弥漫于文字间的情感，舒婷都以平静、舒缓、动情的态度加以书写，她在刻绘和缅怀过程中唱出了自己的心灵之歌，并最终使散文具有动人的力量。

最后，是形散神聚的文本情态。《真水无香》由五个部分组成，像不同时间游历鼓浪屿获得的风景，五部分从不同角度呈现了"我心中的鼓浪屿"。五部分中的作品信息量大、姿态各异，充分显示了舒婷对于所述之物的熟悉和把握。它们每个都可以独立成篇，又统摄于各部分的共同主题。"家乡总是月白风清"是关于鼓浪屿是家乡的描述，"我们生活中的动物演员"写了鼓浪屿上身边的小动物，"生命年轮里的绿肥红瘦"是对岛上日常生活中植物世界的书写，"留在石头上的家族体温"追忆了舒婷和其婆家的家族史、家园的演变，"渐行渐远的背影"记录了与鼓浪屿相关的人与事。在具体写作过程中，舒婷时而游离很远，如《我们生活中的动物演员》《狗无宁日》等，但她最终都会巧妙地返回鼓浪屿，继续其"岛上"的故事。这种写作方式使《真水无香》像一个多面体，或是可以比喻为万花筒，每个角度都可以曲径通幽，每个面孔都有独特的风景，并最终以摇曳多姿的形式汇聚在散文集主线的周围，进而达到形散神聚的艺术高度！

总之，《真水无香》是难得一见的散文精品，它不仅对舒婷具有重要的意义，而且对于当代散文创作也具有垂范的价值。

由一点看世界，读解心灵，抒写诗意栖居中的恬淡情怀，《真水无香》在风景散文和地域散文写作方面都做出了卓有成效的探索，而这一点，足以值得我们珍视了！

舒婷主要作品辑录

诗　集

福建文艺编辑部编印：《新诗创作问题讨论集》（附：舒婷《心歌集》），1980 年（内部学习材料）。

《双桅船》，上海文艺出版社 1982 年 2 月第一版。

《舒婷、顾城抒情诗选》，福建人民出版社 1982 年 10 月第一版。

西北大学中文系绿原社编：《北岛、江河、舒婷、顾城四人诗选》（油印本），1986 年 5 月。

《会唱歌的鸢尾花》，四川文艺出版社 1986 年 10 月第一版。

《始祖鸟》，海峡文艺出版社 1992 年 6 月第一版。

《舒婷的诗》，人民文学出版社 1994 年 11 月第一版。

《舒婷的诗》（蓝星诗库），人民文学出版社 1994 年 11 月第一版（"蓝星诗库"的版本采用 1994 年 11 月第一版，具体编入时间为 1998 年）。

《会唱歌的鸢尾花》，四川文艺出版社 1996 年 1 月第二版。

《舒婷诗文自选集》（作家自选集系列），漓江出版社 1997 年 6 月第一版。

《2000 年文库——当代中国文库精读·舒婷》，（香港）明报出版社有限公司 2000 年 2 月第一版。

《舒婷文集》，天地出版社 2000 年 5 月第一版。

《舒婷的诗》（百年百种优秀中国文学图书），人民文学出版社 2000 年 7 月第一版。

《舒婷的诗》（中国当代诗文名家经典），时代文艺出版社 2002 年 10 月第一版。

《致橡树》（20 世纪作家文库），江苏文艺出版社 2003 年 10 月第一版。

《舒婷的诗》（中国文库），人民文学出版社 2005 年 1 月第一版。

《在诗歌的十字架上》（中外经典阅读），人民日报出版社 2005 年 1 月第一版。

《舒婷诗集》，鹭江出版社 2006 年 3 月第一版。

《舒婷精选集》（世纪文学 60 家），北京燕山出版社 2006 年 10 月第一版。

《舒婷》（中国当代诗人选集），人民文学出版社 2007 年 1 月第一版。

《舒婷精选集：橡树恋情》，北京燕山出版社 2009 年 4 月第二版。

《一种演奏风格：舒婷自选诗集》，作家出版社 2009 年 9 月第一版。

《舒婷诗》（舒婷文集·珍藏版），长江文艺出版社 2012 年 9 月第一版。

《舒婷的诗选》（维吾尔、汉对照），新疆美术摄影出版社 2013 年 1 月第一版。

《舒婷诗精编》（名家经典诗歌系列），长江文艺出版社 2014 年 6 月第一版。

《舒婷诗集》，华文出版社 2014 年 8 月第一版。

散文集

《心烟》（散文丛书），上海文艺出版社 1988 年 6 月第一版。

《硬骨凌霄》（女作家爱心系列），珠海出版社 1994 年 9 月第一版。

《秋天的情绪》（金蔷薇随笔文丛·第二辑），中国华侨出版社 1995 年 9 月第一版。

《你丢失了什么》（当代名作家寄语青年丛书），吉林人民出版社 1996 年 3 月第一版。

《露珠里的"诗想"》，浙江文艺出版社 1998 年 5 月第一版。

《舒婷影记》（红罂粟丛书·珍藏版），河北教育出版社 1998 年 9 月第一版。

《柏林：一根不发光的羽毛》，花城出版社 1999 年 7 月第一版。

舒婷、陈思：《Hi 十七岁——和儿子一起逃学》（两代人丛书），人民文学出版社 2001 年 1 月第一版。

《心烟·秋天的情绪》（中国文学大奖获奖女作家散文卷），
河北教育出版社 2006 年 4 月第一版。

《真水无香》，作家出版社 2007 年 10 月第一版。

《舒婷散文》（舒婷文集·珍藏版），长江文艺出版社 2012
年 9 月第一版。

《舒婷随笔》（舒婷文集·珍藏版），长江文艺出版社 2012
年 9 月第一版。

《自在人生浅淡写》（名家散文经典），长江文艺出版社 2015
年 11 月第一版。

《我的梨花开遍天涯》，中华书局（香港）有限公司 2016 年
1 月第一版。

《真水无香——我生命中的鼓浪屿》，作家出版社 2018 年 5
月第一版。

编选集

舒婷选编：《优雅的汉语——影响了我的两百首诗词》（青
少年课外语文读本），百花文艺出版社 2005 年 4 月第一版。

注：书名后的括号内容为该书所属的丛书名。

舒婷文学创作年表简编

1952 年　一岁

1952 年农历四月二十五日（换算公历应为 1952 年 5 月 18 日）生于漳州石码镇，籍贯泉州，原名龚佩瑜。（舒婷出生时，祖父循族谱"佩"字辈，为其起名叫"龚佩瑜"。舒婷在上幼儿园时，妈妈嫌这个名字拗口，于是改名为龚舒婷。她哥哥是"书"字辈。《诗刊》刊用她的第一首诗《致橡树》时沿用"舒婷"，如此舒婷便成了她的笔名。）幼时绰号"精灵儿"。对于自己的气质类型，舒婷自认为是"情绪型"。A 型血。

父母参加土改工作，将其交给当地渔婆奶养。营养不良，四个月大时被外婆抱回厦门，自幼由外婆带大。从小到大都生活在厦门。

1955 年　四岁

外祖父以儿歌的形式教其学习唐诗。外祖母每夜哄其上床睡觉时讲过无数遍《西游记》《三国演义》《聊斋志异》的故事。幼年时舒婷就表现出良好的记忆力，她的记忆居然可以追溯到两岁、三岁、四岁时。

1957 年至 1965 年　六岁至十四岁

1957 年，父亲远去，流放山区，哥哥寄养祖母家，舒婷托庇于厦门外婆家，妈妈带着妹妹在漳州工作，家庭"分裂"。

小学三年级开始阅读课外书，眼睛视力开始下降。

1964 年夏，入厦门市第一中学。

上初中时，开始读"外国书"。十三岁以前常常参加朗诵会，写有半文半白的五言短诗，发在校刊《万山红》上（一年级时）。

中学时代，学习成绩优良，是班干部，记忆力强。此间看的作品有雨果的《九三年》，以及巴尔扎克、托尔斯泰、马克·吐温等人的作品。

1965 年上初二。学历只有初中二年。发的毕业证书为 67 届初中毕业证书。

1969 年至 1971 年　十八岁至二十岁

1969 年，与同代人插队下乡，将英语课本和普希金诗抄打进背包。是其人生转折点。生活不断教训曾经的天真。开始动笔。1969 年至 1971 年，每天写日记。拼命抄诗，"这也是一种训练"。主要迷上了泰戈尔的散文诗和何其芳的《预言》。还有拜伦、密茨凯维支、济慈以及殷夫、朱自清、应修人的作品。另外是信。"写信和读信是知识青年生活的重要内容"，是舒婷"最大的享受"。

在此期间，阅读的书除上述提到的之外，还有弗·梅林的《马克思传》，通读过《毛泽东选集》四卷的注解部分，还有

《美学简育》《柏拉图对话录》，以及包括李清照和秦观的词在内的一些古典作品。在一次访谈中，舒婷指出她最喜欢读的书是苏联作家康·帕乌斯托夫斯基的《金蔷薇》。

1971 年 5 月，创作《寄杭城》，后发表在《福建文艺》1980年第 1 期。是已发表作品中年份最早的一首。

1972 年　二十一岁

作为自己姨母的继女以独生子女身份照顾回城，没有安排工作，产生一种搁浅的感觉。

最早获得的工作是在一家民办的小铸石厂做合同工。此时，铸石工艺尚属试产阶段，要经过高炉熔炼，浇铸成模，经结晶窑、退火窑依次冷却，是耐酸耐碱耐高温的建筑材料。获得很多经验，工作不足一年。空闲时间看书、写诗。

10 月，创作《随笔三则》。

11 月，创作散文《无题》。

1973 年　二十二岁

2 月，创作诗歌《致大海》。

到建筑公司去做临时工，当过宣传、统计、炉前工、讲解员、泥水匠。这一阶段偶尔写诗，或附在信笺后，或写在随便一张纸头上，给有共同兴趣和欣赏习惯的朋友看，后来很多"都已散失"。

关于舒婷的工作经历，在另外一些回忆散文中有不同的记述。在《一个人在途中》中，舒婷就曾提到后来又换过很多工作单位：水泥预制品厂、漂染厂、织布厂、灯泡厂。曾想"一心一意当个好工人"。

在此期间，读的书有《安诺德美学评论》《带阁楼的房子》《悲惨世界》等。

1974 年至 1975 年　二十三岁至二十四岁

这两年是开始试笔后舒婷创作的"最高产时期"，同时也是舒婷认为的"最幼稚时期"。

1975 年 1 月 9 日，创作诗歌《海滨晨曲》。

1975 年 1 月 10 日，创作诗歌《珠贝——大海的眼泪》。

1975 年 2 月，创作诗歌《初春》。

1975 年，由于几首流传的诗，结识本省"一位老诗人"，即蔡其矫。蔡其矫"几乎强迫"舒婷读聂鲁达、波特莱尔的诗，又介绍了当代有代表性的译诗（主要指由蔡其矫悄悄翻译的希腊诗人埃利蒂斯的诗稿）等。从此，舒婷和蔡其矫保持了长期的友谊。

关于舒婷和蔡其矫的交往，王炳根在《少女万岁：诗人蔡其矫》中有如下记录："自从 1973 年在厦门听说了舒婷的名字之后，回到永安不久，黄碧沛就寄来舒婷的几首诗，其中有《致大海》……1975 年 3 月，蔡其矫去厦门，"见到了舒婷，并且和舒婷的一班朋友到万石岩游玩"。关于这次见面，蔡其矫还写了《寄——》一诗。

在后来的回忆性文章《当我们坐在短墙剥枇杷》中，舒婷写有："1975 年春节，我去黄家拜年。碧沛先生交给我一张诗笺:《劝》。并告诉我,这是蔡其矫读了《致大海》和《大海,一滴鹅黄色的眼泪》等诗以后,专为我写作的。"1975 年 3 月,蔡其矫来厦门,见到舒婷,黄碧沛召集了舒婷、练美嘉、许琼林、陈仲义等几个文学青年,同游万石岩。1975 年 4 月 15 日,舒婷收到蔡其矫的第一封信,信中除了《欢乐送》手抄笺,还有一首新作《赠——》。此外就是为第一次见面写的《寄——》,其中有诗句"当我们坐在短墙剥枇杷"。

1975 年夏,创作散文《蝙蝠》。

1975 年 6 月,创作诗歌《船》。

1975 年 7 月 6 日,创作诗歌《致——》。

1975 年 8 月,创作诗歌《呵,母亲》。

1975 年 11 月,创作诗歌《赠》《春夜》《秋夜送友》。

1975 年前后作品的思路是鼓舞、扶持旁人,同时自己也获得支点和重心。

1976 年　二十五岁

1 月 13 日,创作诗歌《人心的法则》。

4 月,创作诗歌《当你从我的窗下走过》。

9 月,创作诗歌《中秋夜》。

10 月,创作诗歌《心愿》。

11 月,创作诗歌《悼——纪念一位被迫害致死的老诗人》。

本年还写有诗作《"我爱你"》。

1977年　二十六岁

1月27日，创作散文《回答》。

3月27日，创作诗歌《致橡树》。《致橡树》的出现源于舒婷和"老诗人"蔡其矫散步时谈及对女性及爱情的不同看法。谈论之后，舒婷夜不能寐，创作《致橡树》。

按照王炳根的《少女万岁：诗人蔡其矫》中的说法，《致橡树》最初写在一页三十二开的白纸上，正面写满写背面，原题为《橡树》，后蔡其矫将诗带到北京，在北岛和艾青的肯定和建议下加上"致"字。

4月，创作诗歌《自画像》《茑萝梦月》《黄昏》。

5月6日，创作诗歌《在故乡的山岗上》。

5月还写有诗歌《这也是一切——答一位青年朋友的〈一切〉》《四月的黄昏》。

6月，创作诗歌《雨别》。

8月，在蔡其矫引荐下，北岛和舒婷开始通信。北岛说：舒婷曾将《这也是一切》"随意抄在信中，是对我的《一切》的答和"。

9月1日，创作诗歌《归梦》。

本年在织布厂当过染纱工和挡车工，又调到灯泡厂当焊锡工。

本年初读北岛的诗，不啻受到一次"八级地震"。非常喜欢北岛的诗，尤其是他的《一切》。北岛、江河、芒克、顾城、杨炼们给舒婷的影响是巨大的，以至于她在1978年至1979年"简直不敢动笔"。

本年还写有散文《你不回头》。

1978 年　二十七岁

5 月 23 日，写有诗歌《往事二三》。

5 月还有诗作《思念》。

9 月，创作散文《一朵小花》。

10 月，创作诗歌《镌在底座上》。

《致橡树》最初发表于 1978 年 12 月 23 日《今天》第 1 期，同期发表的诗还有《呵，母亲》。《今天》作为一个"文学团体"对舒婷的影响是最大的。

1979 年　二十八岁

3 月，创作诗歌《路遇》。

4 月，《诗刊》刊出舒婷的《致橡树》，这是舒婷第一次公开发表自己的作品。

4 月，《今天》第 3 期"诗歌专刊"刊出舒婷的《中秋夜》《四月的黄昏》。

4 月，创作诗歌《祖国呵，我亲爱的祖国》（阎月君等编选的《朦胧诗选》和洪子诚、程光炜编选的《朦胧诗新编》中，都注明其写作时间为"1979 年 4 月 20 日"）。

7 月，《祖国呵，我亲爱的祖国》（外一首）发表于《诗刊》1979 年 7 月号，包括《祖国呵，我亲爱的祖国》《这也是一切——答一位青年朋友的〈一切〉》。

8 月，创作诗歌《双桅船》《遗产》《日光岩下的三角梅》。

本年秋，舒婷第一次来到北京，与《今天》同人聚首。10月21日上午，《今天》在玉渊潭公园举办第二届露天朗诵会，蔡其矫和舒婷也参加了。

12月，创作诗歌《也许？——答一位作者的寂寞》《小窗之歌》《北京深秋的晚上》。

1980 年　二十九岁

1980 年伊始，本省刊物《福建文艺》（后改名为《福建文学》）就舒婷的诗展开新诗创作讨论。一次讨论会上，舒婷由于受不了来自各方的评价，失声痛哭。《当代文学研究参考资料》1980年第1期曾以《〈福建文艺〉就舒婷的诗展开新诗创作的讨论》为题予以介绍。

1月10日，《福建文艺》刊出舒婷的诗辑《心歌集》，有《船》《珠贝——大海的眼泪》《赠》《寄杭城》《秋夜送友》五首。

1月至2月，创作诗歌《流水线》（《舒婷诗精编》中注明时间为1980年1月2日）、《一代人的呼声》。

1月，创作诗歌《馈赠》（《舒婷诗精编》中注明时间为1980年8月）。

1月28日，创作诗歌《夏夜，在槐树下……》。

1月，诗歌《四月的黄昏》发表于《安徽文学》1980年第1期。

2月10日，《福建文艺》刊出"关于新诗创作问题的讨论"专栏，刊有周俊祥《舒婷诗歌评赏》等文。

2月18日，创作诗歌《墙》（《舒婷文集1·最后的挽歌》中，注明其写作时间为 1980 年 10 月 31 日）。

2 月，创作诗歌《周末晚上》《北戴河之滨》。

3 月 10 日，《福建文艺》刊出"关于新诗创作问题的讨论"专栏，刊有俞兆平《回顾与探索》等文。

3 月，创作诗歌《给二舅舅的家书》。

4 月 10 日，《福建文艺》刊出"关于新诗创作问题的讨论"专栏，刊有孙绍振《回复新诗根本的艺术传统——舒婷的创作给我们的启示》、朱谷忠《关于舒婷的诗及其他》等文。

4 月，《今天》第 8 期"诗歌专辑"刊出《小窗之歌》《也许》。

4 月，创作诗歌《献给我的同代人》《赠别》《童话诗人——给 G.C.》《枫叶》。

5 月 20 日，《上海文学》刊出舒婷的《诗二首》，包括《日光岩下的三角梅》《双桅船》。

5 月，创作诗歌《落叶》。

6 月 10 日，《福建文艺》刊出"关于新诗创作问题的讨论"专栏，刊有友本的文章《诗歌为何不能抒发个人的感情——评〈为谁写诗〉兼谈舒婷的诗》。

7 月 15 日，《福建文艺》刊出"关于新诗创作问题的讨论"专栏，刊有方顺景、何镇邦《欢欣与期望——读舒婷的"心歌集"》、练文修《抒情诗的"自我"及其他——也谈舒婷的诗》。同期刊有舒婷的诗《雨别》（外一首），包括《雨别》《自画像》。

7 月 18 日，舒婷的诗集《心歌集》（增订本）由《福建文艺》编辑部编辑、油印发行。收有《寄杭城》《致橡树》《四月的黄昏》《祖国呵，我亲爱的祖国》等。

7月18日，创作诗歌《车过紫帽山》。

7月20日至8月21日，《诗刊》社举办青年诗作者创作学习会，梁小斌、张学梦、叶延滨、舒婷、江河、杨牧、王小妮、徐敬亚、顾城等十七人参加，后称之为"第一届青春诗会"。期间除诗人们相互结识外，还和严辰、王燕生、邵燕祥等诗人结识，期间到过北戴河。这一时期创作的作品主要有《风暴过去之后——纪念"渤海2号"钻井船遇难的七十二名同志》以及《向北方》《岛的梦》等（结合舒婷诗集收录情况，《风暴过去之后——纪念"渤海2号"钻井船遇难的七十二名同志》写于1980年8月6日，《向北方》《岛的梦》写于1980年8月间）。

7月，《星星》诗刊发表《小窗之歌》（外一首），包括《小窗之歌》《也许——答一位写诗的朋友》。

8月10日，《诗刊》"春笋集"栏目刊出《馈赠》。

8月15日，《福建文艺》"关于新诗创作问题的讨论"专栏刊有雁翼《抒情诗中的诗人个性》等文章。

8月，《星星》诗刊刊出《落叶》。

9月15日，《福建文艺》"关于新诗创作问题的讨论"专栏刊有杨匡汉《愿新人们走向成熟》等文章。

10月，《诗刊》以"青春诗会"为总题，刊出十七人诗作和王燕生的《青春的聚会——诗刊社举办的"青年诗作者创作学习会"侧记》，本期舒婷刊出的作品有《风暴过去之后》。

10月15日，《福建文艺》"关于新诗创作问题的讨论"专栏刊有宋垒的文章《诗歌问题浅见》。

10月23日，《今天文学研究会》文学资料之一在北京油印出刊，刊出《归梦》。

10 月，创作诗歌《土地情诗》《在诗歌的十字架上——献给我的北方妈妈》《兄弟，我在这儿》《无题（1）》《鼓岭随想》。

11 月 15 日，《福建文艺》"关于新诗创作问题的讨论"专栏刊有边古《从舒婷抒什么情说到"善"》等文章。

12 月 7 日，创作散文《生活、书籍与诗——兼答读者来信》。

12 月 15 日，《福建文艺》"关于新诗创作问题的讨论"专栏刊有刘登翰《一股不可遏制的新诗潮——从舒婷的创作和争论谈起》等文章。

12 月，创作诗《群雕》《旧宅》。

12 月，《诗探索》创刊，刊有顾城、江河、舒婷、王小妮等的《请听听我们的声音——青年诗人笔谈》。本期还刊有刘登翰的文章《从寻找自己开始——舒婷和她的诗》。

本年《福建文艺》编辑部曾编印《新诗创作问题讨论集》（内部学习材料），附舒婷的《心歌集》。

1981 年　三十岁

1 月，《作品与争鸣》刊出舒婷《珠贝——大海的眼泪》等十首诗，以及海滨的《〈福建文艺〉对舒婷新诗创作问题的讨论综述》。

1 月 27 日，创作诗歌《礁石与灯标》。

1 月 30 日，创作诗歌《小渔村的童话》。

2 月，《福建文学》刊出《生活、书籍与诗——兼答读者来信》。

2月，《文汇月刊》刊发《抒情诗七首》，包括《遗产——张志新烈士给女儿》《在潮湿的小站上》《车过园坂村》等。同期刊有刘登翰的评论文章《通往心灵的歌——记诗坛新人舒婷》。

3月7日夜，于漳州创作诗歌《木棉亭》。

3月17日，创作散文《光圈的后面》。

3月，《福建文学》刊出陈骏涛《从舒婷的诗谈到王蒙的小说——文学随想》。

4月，《诗探索》"新探索"栏目发表《风暴过去之后——纪念"渤海2号"钻井船遇难的七十二名同志》，何火任点评。

4月，创作诗歌《惠安女子》。

4月29日，创作诗歌《还乡》。

4月30日，创作诗歌《"？。！"》。

4月，《诗刊》社编的诗集《在浪尖上》由陕西人民出版社出版，收有《祖国呵，我亲爱的祖国》。

5月25日至30日，新诗评选发奖大会在北京举行，《祖国呵，我亲爱的祖国》获奖。

5月，《花城》第2期"尝试小集"刊出《在诗歌的十字架上》。

5月，《莽原》第1期刊出《流水线》。

6月，于长江创作诗歌《神女峰》。

7月15日，创作诗歌《黄昏星》。

7月28日，创作诗歌《芒果树——赠阿敏》。

7月，创作诗歌《诗配画：少女与泉》。

7月，《绿洲》第1期"刊中刊"——《绿风》诗卷第1期刊出《礁石与灯标》。

8月4日，创作诗歌《读给妈妈听的诗》。

8月，创作诗歌《献给母亲的方尖碑》《日光岩》。

8月，《滇池》刊发《北京深秋的晚上》。

8月至10月，创作诗歌《黄昏剪辑》（《舒婷诗精编》中注明时间为1981年8月10日）。

9月4日，创作诗歌《奔月》。

9月，《上海文学》"百家诗会"刊有《"？。！"》。

9月，王家新等编的《中国现代爱情诗选》由长江文艺出版社出版，收有舒婷的《致橡树》。

10月28日，创作诗歌《会唱歌的鸢尾花》。11月初，将其装进邮箱寄出去，之后停笔三年。"面临生活的重大转折"。

10月，创作诗歌《白柯》。

11月5日，《福建文学》刊出林锡潜的文章《浸透爱国深情的含泪歌声——谈舒婷的〈祖国呵，我亲爱的祖国〉》。

11月，《绿洲》第3期"刊中刊"——《绿风》诗卷第3期刊出《赠穿红衣服的姑娘》。

12月，中国青年出版社编辑的《青年诗选》出版，收有舒婷的《致橡树》。

本年创作的诗还有《白天鹅》《起飞》。

本年《中国新诗》在兰州出刊，西北民族学院研究所编辑，刊有舒婷的《白天鹅》。

本年结婚，丈夫陈仲义（1948—），是年三十四岁，后成为厦门城市学院教授，系著名诗歌评论家。

1982 年　三十一岁

1 月,《绿风》诗卷第 4 期刊出《舒婷抒情诗选》,包括《镌在底座上》《"我爱你"》《旧宅》《神女峰》等八首。

2 月,舒婷的诗集《双桅船》由上海文艺出版社出版,为"新诗丛"之一种。收有《致大海》《致橡树》《四月的黄昏》《祖国呵,我亲爱的祖国》等共四十七首诗。此诗集后获中国作家协会第一届全国优秀新诗(诗集)奖(1983 年)。

2 月,《诗刊》刊发《会唱歌的鸢尾花》。

2 月,《长江》"女诗作者特辑"刊发《日光岩》(外一首)。

3 月,《十月》刊发《在故乡的山岗上》(外一首)。

3 月,《长安》"女作者专号"刊发《北戴河之滨》。

4 月,《星星》"好诗三百首"栏目转发《神女峰》《"我爱你"》。

5 月,《萌芽》刊发《芒果树》。

7 月 1 日,《上海文学》"百家诗会"刊出《黄昏星》。

7 月 10 日,《文汇月刊》刊发《读给妈妈听的诗》(外一首)。

10 月,《舒婷、顾城抒情诗选》由福建人民出版社出版,分为《悬挂的绿苹果》《心的港湾》等四辑。前有《童话诗人——赠顾城》和《希望的回归——赠舒婷》。舒婷的诗选包括《惠安女子》等。

10 月,《诗探索》"新探索"栏目刊发《神女峰》和黎望的评点。

11 月 3 日,儿子陈思出生。(2013 年 6 月,陈思博士毕业于北京大学中文系现当代文学专业,后在中国社会科学院工作。)

12月，阎月君等编的《朦胧诗选》由辽宁大学中文系印行，收有《祖国呵，我亲爱的祖国》。后附杨炼、北岛等《青春诗论》和《朦胧诗讨论索引》。

1983年　三十二岁

2月，当代文艺思潮杂志社编印的《部分青年诗选》刊行，为"当代文艺思潮研究参考资料"第一辑，收有《致橡树》一诗。

3月，《福建文学》刊发散文《一朵小花》。

4月24日，中国作家协会主办的全国优秀新诗（诗集）、报告文学、短篇小说、中篇小说获奖作品授奖大会在北京举行。《双桅船》获二等奖。

11月，《诗刊》社编辑的《一九八二年诗选》由人民文学出版社出版，收有《神女峰》。

本年加入中国作家协会。

1984年　三十三岁

3月6日，创作诗歌《阿敏在咖啡馆》。

4月，阎纯德主编的诗集《她们的抒情诗》由福建人民出版社出版，收有《祖国呵，我亲爱的祖国》。

5月5日，创作诗歌《怀念——奠外婆》。

5月9日，创作诗歌《远方》。

5月22日，创作诗歌《诗与诗人》。

5月，创作诗歌《四人行》。

6月12日，创作诗歌《你们的名字》。

6 月 22 日，创作诗歌《国光》。

6 月，创作诗歌《送友出国》。

6 月，诗歌杂志《创世纪》第 64 期刊出《中国大陆朦胧诗特辑》，收有《致橡树》。

7 月，创作诗歌《老朋友阿西》。

7 月，《中国当代女诗人诗选》由贵州人民出版社出版，收入《致橡树》。

9 月，《山西师院学报》刊发段登捷《致舒婷同志的一封信》。

10 月，创作诗歌《海的歌者》。

10 月，《名作欣赏》刊发张弛《舒婷礼赞的爱情——〈致橡树〉赏析》。

11 月，创作诗歌《聪的羽绒衣》、散文《到码头去》。

11 月 24 日，将三年来的经历写成《以忧伤的明亮透彻沉默》一文，后刊载于 1985 年 1 月《当代文艺探索》创刊号。

11 月 30 日，创作散文《回音壁前的秋天》。

11 月，《当代文艺思潮》刊发王舟波《惓惓女儿心——谈舒婷的诗兼与周良沛同志商榷》。

12 月，创作诗歌《复活》。

本年，《诗探索》总第 10 期刊发王光明、唐晓渡《舒婷诗的抒情艺术》。

1985 年　三十四岁

1 月，《人民文学》刊发《年夜钟声》，归入小说类。

1 月，《上海文学》刊发《远方》（二首），包括《远方》《诗与诗人》。

1 月 29 日，创作诗歌《花溪叶笛》。

1 月 31 日，创作诗歌《那一年七月》。

1 月，《当代文艺探索》创刊号刊出《以忧伤的明亮透彻沉默》一文。

1 月，文学双月刊《中国》第 1 期刊有《白柯》一诗。文学季刊《女作家》第 1 期刊有《四人行·送友出国》一诗。

3 月 3 日，创作诗歌《……之间》。

3 月 8 日，创作诗歌《惊蛰》。

3 月 14 日，创作散文《洁白的祝福》。

3 月，《诗书画》报第 5 期刊有《白天鹅塑像》一诗。

3 月 21 日，《深圳青年报》"诗专版"刊有《那一年七月》一诗。

3 月，《散文选刊》刊发《回音壁前的秋天》。这篇文章是舒婷给陶然的一封回信，此处的"回音壁"是香港作家陶然的散文集名。原文发表于 1984 年 12 月 26 日《厦门日报》。

4 月 7 日，创作散文《鞋趣》。

4 月 9 日，创作散文《惠安男子》。

4 月 18 日，创作散文《在澄澈明净的天空下》。

5 月 10 日，诗歌双月刊《绿风》第 3 期"历届青春诗会诗人新作特大号"刊有《你们的名字》一诗。

5 月，《当代文艺探索》第 3 期刊出李劼的诗论《舒婷顾城北岛及朦胧诗诗派论》。

6月7日，创作诗歌《水杉》。

6月11日，创作诗歌《脱轨》。

7月，《人民文学》刊发散文《在澄澈明净的天空下》。

7月，创作散文《在那颗星子下——记我的中学生时代》。

7月，《诗选刊》刊出《你们的名字》一诗。

8月12日，创作诗歌《圆寂》。

8月，《名作欣赏》刊发李传申《相反相成　丰韵绰约：舒婷〈会唱歌的鸢尾花〉的艺术风格》。

9月29日，《拉萨晚报》刊出"你最喜欢的中国十大青年诗人"评选结果，按照得票多少排序，舒婷名列第一。

10月5日，创作散文《笑靥千秋》。

10月24日，创作散文《在开往巴黎的夜车上》。

10月25日，创作散文《孩提纪事》。

10月，创作诗歌《故地重游》。

11月15日，《文学评论》第6期刊出刘登翰《会唱歌的鸢尾花——论舒婷》一文。

11月18日，创作散文《梦入何乡》。

11月21日，创作诗歌《秋思》。

11月，创作诗歌《始祖鸟》、《再见，柏林西》（组诗，包括《代邮吉他女郎》《夜酒吧》《玛丽亚教堂音乐会》《胡苏姆野味餐厅》）。

11月，阎月君、高岩、梁云、顾芳编的《朦胧诗选》由春风文艺出版社出版，收入北岛、舒婷、顾城等二十五人诗作，其中舒婷的诗包括《祖国呵，我亲爱的祖国》《双桅船》《致橡树》《神女峰》等，共计二十九首。

12月，老木编的《新诗潮诗集》由北京大学五四文学社"未名湖丛书"编委会印行，分上下两集，上卷收入北岛、舒婷、江河、芒克、顾城等十三人诗作。同期，老木还编有诗论集《青年诗人谈诗》，由北京大学五四文学社印行，收有《生活、书籍与诗》一文。

本年还创作有电视诗《银河十二夜》（1981年第一稿，1985年定稿）。

本年随代表团去西德，上过柏林墙的瞭望塔，沿莱茵河泛舟，接着又去了巴黎。

1986年　三十五岁

1月，《人民文学》刊发组诗《再见，柏林西》，包括《代邮吉他女郎》《夜酒吧》《玛丽亚教堂音乐会》《胡苏姆野味餐厅》。

1月，《文学自由谈》刊发李黎《浑然之象　不尽之意——舒婷诗歌研究之一》。

1月，《文汇月刊》刊发散文《在开往巴黎的夜车上》。

2月，《星星》诗刊"流派诗专号"刊有《脱轨》。

2月，《诗刊》刊发《银河十二夜》（电视诗），共包括系列作品十二首。

2月，《中国杂志》刊发散文《童年纪事》。

2月，谢冕主编的《中国当代青年诗选》由花城出版社出版，收有《祖国呵，我亲爱的祖国》。

3月13日，创作诗歌《停电的日子》。

4 月,《上海文学》刊发散文《梦入何乡》。后由《散文选刊》1987 年第 2 期选发。

5 月,西北大学中文系绿原社编《北岛、江河、舒婷、顾城四人诗选》(油印本)。

6 月 6 日,创作诗歌《别了,白手帕》。

夏,创作诗歌《眠钟》。

独自去美国两个月,受到陈若曦、於梨华等的接待。见到郑愁予。后郑愁予于 1988 年 5 月访问厦门。

7 月 6 日,创作散文《蝉叫时节》。

7 月 17 日,创作诗歌《"勿忘我"》。

7 月 25 日,创作散文《空信箱》。

7 月,创作诗歌《禅宗修习地》。

8 月 1 日,创作诗歌《镜》。

8 月 13 日,创作散文《神启》。

8 月 15 日,创作诗歌《原色》。

9 月 23 日,参加上海国际笔会,发言稿《不要玩熟我们手中的鸟》,表达对"新生代"诗人的看法。后改题为《潮水已经漫到脚下》,发表于《当代文艺探索》1987 年第 2 期。

10 月 4 日,创作散文《书渴》。

10 月 5 日,创作散文《唐敏和她的〈诚〉》。

10 月 12 日,创作散文《海魂》。

10 月 20 日,创作散文《心烟》。

10 月 26 日,创作散文《寸草心》。

10 月 28 日,创作诗歌《山湾公园》。

10 月，创作散文《迷津不知返》（收入《舒婷随笔》时名为《迷路的故事》，2006 年 10 月补写）。

10 月，诗集《会唱歌的鸢尾花》由四川文艺出版社出版，为"天涯诗丛"之一，收入《神女峰》《惠安女子》《会唱歌的鸢尾花》等共四十首诗。

11 月 30 日，创作诗歌《旅馆之夜》。

12 月 6 日至 9 日，《星星》诗刊社举办"中国·星星诗歌节"，被评选出的十位"最受读者喜爱的当代中青年诗人"在成都与广大读者见面，舒婷参与其中，1987 年 2 月号的《星星》诗刊刊出七人照片。

12 月，北岛、舒婷、顾城、江河、杨炼《五人诗选》由作家出版社出版，收有《致橡树》等共计十九首舒婷诗作。

本年还创作有诗歌《魂之所系》。

1987 年　三十六岁

1 月 10 日，《诗刊》"《诗刊》与我"栏目刊有《寸草心》一文。同期刊发诗歌《眠钟——挽老诗人沙蕾》。

1 月，《作家》刊发《心烟》，篇末注明写作时间。

1 月，《青春丛刊》刊发散文《唐敏……唐敏》。

1 月，《散文》刊发《迷路的故事》。

3 月 3 日，创作散文《"源源本本"》。

3 月 4 日，创作散文《小泥匠哥哥》。

3 月 10 日，《诗选刊》刊出《1986 年中国现代主义诗歌群体展览（三）》，内有《停电的日子》一诗。

3月11日，创作散文《春深梦浅》。

3月23日，《当代文艺探索》刊发文学随笔《潮水已经漫到脚下》。

3月29日，创作散文《告别作文》。

3月，《华人世界》刊发《空信箱》。

3月，《福建文学》刊发《别了，白手帕》。

4月，创作散文《黑翼》。

6月10日，《诗刊》刊有《始祖鸟》一诗。

7月23日，创作散文《你见过这个小男孩吗?》。

9月12日，创作诗歌《西西里太阳》。

9月，创作诗歌《仙人掌》。

10月，《星星》诗刊刊有《……之间》一诗。

11月28日，创作诗歌《私奔》。

11月29日，创作诗歌《碧潭水——惠安到崇武公路所见》。

12月2日，创作诗歌《水仙》。

12月17日，创作散文《斗酒不过三杯》。

12月，《散文选刊》刊发《神启》。

本年度，《文艺评论》刊发谢冕《在诗歌的十字架上：论舒婷》。

本年度，《文学报》刊发《散文三题》。

1988年　三十七岁

1月16日，创作诗歌《日落白藤湖》。

1月30日，创作诗歌《无题》(《无题（2）》)。

1月31日，创作诗歌《女朋友的双人房》。

1月，创作诗歌《履历表》。

2月，李丽中编著的《朦胧诗·新生代诗百首点评》由南开大学出版社出版，收入《寄杭城》，诗后附有著书者的点评。

2月，《文艺报》刊发散文《红草莓诗人》。

3月，《文汇月刊》刊发《舒婷诗选》（五首）。

3月，创作散文《笔下囚投诉》。

3月30日，《当代诗坛》第2—3期刊有《旅馆之夜》一诗。

4月5日，创作散文《清明剪雨》。

4月6日，创作散文《大风筝》。

5月11日，创作散文《"洋食"——我与外国文学》。

5月17日，创作散文《硬骨凌霄》。

6月15日，创作散文《明月几时有》《红草莓诗人》。

6月，散文集《心烟》作为"散文丛书"之一种，由上海文艺出版社出版。

6月，《福建青年》刊发《清明剪雨》。

8月，《福建青年》刊发《硬骨凌霄》。

9月5日，创作散文《无憾与有愧》。

9月，徐敬亚、孟浪、曹长青、吕贵品编的《中国现代主义诗群大观1986—1988》，由同济大学出版社出版，书分三编，第一编有"朦胧诗派"，收入舒婷的作品。

10月，创作散文《秋天的情绪》。

11月，《福建青年》刊发散文《读者来信与给读者写信》。

12月19日，创作散文《我儿子一家》。

12 月，创作散文《火柴诗人》。

本年还创作有诗歌《滴水观音》。

1989 年　三十八岁

3 月 3 日，创作诗歌《春雨绵绵》。

3 月 27 日，创作散文《女儿梦南国》。

4 月 20 日，创作散文《达赉湖畔》。

5 月 16 日，创作文艺随笔《自在人生浅淡写》。

5 月 18 日，创作散文《意大利快照》。

5 月，去意大利参加巴勒莫国际诗歌节。

7 月，《当代作家评论》刊发《自在人生浅淡写》。

7 月，《散文世界》刊发《明月几时有》。

10 月 29 日，创作散文《小桥流水人家》《与你同行》。

11 月 16 日，创作散文《民食天地》。

12 月 16 日，创作散文《窄巷·活弦》。

1990 年　三十九岁

1 月，上海文艺出版社编辑《八十年代诗选》出版，收有《神女峰》一诗。

1 月，《文汇月刊》刊发《民食天地》。

2 月 2 日，创作散文《瓷的远行》。

2 月，《天津文学》刊发《小桥流水人家》。

3 月 2 日，创作散文《回到十四岁》。

5 月 7 日，创作散文《情话·情书·情人》。

5月9日，创作诗歌《一种演奏风格》。

5月10日，创作诗歌《夜读》。

5月16日，创作诗歌《放逐孤岛》（收入诗集《始祖鸟》时名为《你是你自己命运的太阳》）。

5月，《文学自由谈》刊发《窄巷·活弦》。

6月8日，创作散文《花事》。

7月，《散文》刊发散文《为伊憔悴终不悔》。

9月5日，创作诗歌《立秋年华》。

9月20日，创作散文《你丢失了什么》。

9月21日，创作散文《除却雁荡不是山》。

9月，《中学生时代》刊发《在那颗星子下——记我的中学生时代》。

1991年　四十岁

1月7日，创作散文《多情还数中年》。

1月，创作散文《梅在那山》。

3月，《诗刊》社编的《一九八九年诗选》由人民文学出版社出版，收有《滴水观音》。

4月6日，《诗歌报月刊》刊有《女朋友的双人房》。

5月，《星星》诗刊刊有《一种演奏风格》。

7月，《天津文学》刊发《情话·情书·情人》。

9月6日，创作散文《仁山智水》。

10月21日，创作散文《天涯何处寻"芳草"》。

11月11日，创作散文《传家之累》（收入《舒婷随笔》时名为《春卷的传家之累》)。

1992年　四十一岁

3月18日，创作散文《童年絮味》。

3月23日，创作散文《"寒窑"古今》。

4月2日，创作散文《我读〈行走的风景〉》。

6月，诗集《始祖鸟》由海峡文艺出版社出版，收入《始祖鸟》、《再见，柏林西》(组诗)、《西西里太阳》等三十六首诗。

12月2日，创作诗歌《安的中国心》。

12月5日，获庄重文文学奖。

圣诞节，创作散文《一个人在途中》。

12月31日，创作散文《狗·猫·鼠》。

1993年　四十二岁

元旦，创作散文《散文之小器》。

元宵节，创作散文《有朋自醉乡来》。

3月1日，创作散文《老家的陈年芝麻儿》。

3月5日，创作散文《"怎么你们都不离婚?"》。

4月22日，创作散文《樱花照》(《舒婷随笔》收入时注明时间为1993年4月23日)。

5月7日，创作散文《"你给我下海去!"》。

5月，创作散文《荒园笔记》。

9月19日，创作散文《情有独钟》。

10月13日，创作诗歌《破碎万花筒》。

12 月 25 日，创作散文《搅局》。

1994 年　四十三岁

1 月，创作散文《因为雨的缘故》。

2 月 8 日，创作散文《天上掉下一个"阿不婆"》。

2 月，创作散文《别一种人生》。

3 月 2 日，创作散文《缅根》。

3 月 8 日，创作散文《你摇晃不摇晃》。

3 月 11 日，创作散文《给她一个足够的空间》。

3 月 12 日，创作散文《无计可潇洒》。

3 月 13 日，创作散文《有恃无恐》。

3 月 18 日，创作散文《小气的男人与撒谎的女人》。

3 月 20 日，创作散文《丽夏不再》。

3 月 22 日，创作散文《最是寂寞女儿心》。

3 月 30 日，创作散文《儿子的天地》。

7 月 10 日，创作散文《"神药"》。

7 月 20 日，创作散文《房东与房西们》。

7 月 26 日，创作散文《我在维也纳大街上把自己丢失了》。

7 月 27 日，创作散文《女人本分？》。

7 月 28 日，创作散文《晚菊弥香》。

7 月 29 日，创作散文《通衢通衢》。

7 月 31 日，创作散文《好汤送苦夏》。

7 月，《山花》刊发《大风筝》。

7 月，《中华散文》刊发《天上掉下一个"阿不婆"》。

7 月，《随笔》刊发《小气的男人与撒谎的女人》。

7 月，创作散文《仲夏之夜》《请继续保存那封长信》。

9 月 27 日，创作诗歌《绝响》。

9 月 28 日，创作诗歌《女侍》。

9 月，散文集《硬骨凌霄》作为"女作家爱心系列"之一种，由珠海出版社出版。

11 月，创作散文《南方之邮》。

11 月，《文学自由谈》刊发《你摇晃不摇晃》。

11 月，《天津文学》刊发《散文五题》。

11 月，《舒婷的诗》由人民文学出版社出版，共收入诗一百二十七首，分三辑。此版本诗集于 1998 年作为"蓝星诗库"之一，由人民文学出版社再次出版。

12 月，《当代》刊发《丽夏不再》。

1995 年　四十四岁

1 月 5 日，创作诗歌《朔望》。

1 月，创作散文《炒栗情缘》。

2 月 27 日，创作散文《永远不要忘记你是多么特别》。

3 月 3 日，创作散文《露珠里的"诗想"》。

3 月 13 日，创作散文《伸过你的杯子来》。

4 月 6 日，创作散文《难耐春寒》。

4 月 9 日，创作散文《两栖女性》。

4 月 17 日，创作散文《多情诸君》。

6 月 19 日，创作散文《突围从自己开始》。

8月5日，创作散文《好梦难圆》（8月15日补记）。

8月6日，创作散文《花不想衣裳时想什么》，后发表于《台港文学选刊》1995年第10期。

8月7日，创作散文《悲夏》。

8月9日，创作散文《高徒未必名师》。

8月13日，创作随笔《语言为舵》。

8月26日，创作诗歌《蚕眠》。

8月，创作散文《春蚕未死丝已尽》。

9月6日，创作散文《上帝的恶作剧》。

9月27日，创作散文《星光不灭——悼邹荻帆老师》。

9月29日，创作散文《他山之玉》。

9月，散文集《秋天的情绪》（金蔷薇随笔文丛·第二辑）由中国华侨出版社出版。

10月5日，创作散文《"退役诗人"说三道四》。

10月14日，创作散文《看街去》。

10月17日，创作散文《浪漫新德里》。

10月18日，创作诗歌《不归路》。

10月26日，创作散文《克服梦想》。

10月，参加印度波巴尔诗歌节。

10月，《厦门文学》刊发《房东与房西们》。

11月2日，创作散文《恋旧》。

11月5日，创作散文《诗的成人礼》。

11月30日，创作散文《黑暗中的花朵》，后发表于《中华散文》1996年第3期。

11 月,《文学自由谈》刊发《好梦难圆》。同期还有为《文学自由谈》创刊十周年所写的《广而告之》。

12 月 12 日,创作散文《挽高裤管过河》。

12 月 14 日,创作散文《凹凸手记》。

12 月 19 日,创作散文《榕歌如泣》。

12 月 22 日,创作散文《良辰美景虚设》。

12 月 27 日,创作散文《女祠的阴影》。

1996 年　四十五岁

1 月 10 日,创作散文《晚照》《重返波巴尔》,前者发表于《天津文学》1996 年第 5 期。

1 月 11 日,创作散文《山里的日子》。

1 月 16 日,创作散文《天热天凉好个晨》。

1 月 22 日,创作散文《预约私奔》。

1 月 30 日,创作散文《信物》。

1 月,诗集《会唱歌的鸢尾花》由四川文艺出版社再版。

2 月 14 日,创作散文《醉人的酒,养人的饭》。

2 月 18 日(除夕),创作散文《乡音乡韵》。

2 月,《中学生》刊发散文《你说过今天我们重相聚》。

2 月,《作家》刊发《诗的成人礼》。

3 月 8 日,创作散文《沦陷于文学》。

3 月 9 日,创作散文《照相》。

3 月 17 日,创作诗歌《雾潮》。

3 月 21 日,创作诗歌《天职》。

3 月 23 日，创作散文《月之纤手》。

3 月，《萌芽》刊发《露珠里的"诗想"——荐筱敏的散文〈无家的宿命〉》。

3 月，散文集《你丢失了什么》作为"当代名作家寄语青年丛书"之一种，由吉林人民出版社出版。

4 月 5 日，创作诗歌《红卫兵墓地》。

4 月 6 日，创作诗歌《斜坡》。

4 月 25 日，创作诗歌《空房子》。

4 月 26 日，创作诗歌《春日晴好》。

4 月 27 日，创作诗歌《离人》。

4 月 28 日，创作诗歌《山盟海誓》。

4 月，《作品》刊发《挽高裤管过河》。

5 月 24 日，创作诗歌《叫哥哥》。

5 月，《文学自由谈》刊发散文《千字功夫》。

6 月 12 日，创作诗歌《怀念汗水》。

6 月 14 日，创作诗歌《享受宁静》(《舒婷诗精编》收入时注明时间为 1996 年 6 月）。

6 月 15 日，创作诗歌《对于纯蓝的厌倦》。

6 月 29 日，创作诗歌《残网上的虫蜕》。

9 月 28 日，创作诗歌《皂香草》。

11 月，《人民文学》刊发散文《榕树之泣》。

12 月 7 日，创作组诗《血缘的分流》（内有《木屐声声》《籍贯》《桃花镯》)。

12 月 8 日，创作诗歌《平安夜即将来临》。

12 月 10 日，创作诗歌《真谛》。

12 月 11 日，创作诗歌《伟大题材》。

12 月 23 日，创作诗歌《白鹤》、随笔《审己度人——读张爱玲》。

12 月 29 日，创作诗歌《这个人》。

12 月 31 日，创作诗歌《好朋友》、散文《女有三丑》。

12 月，创作诗歌《都市节气》(《舒婷诗精编》收入时题为《都市变奏》，时间注明为 1996 年 7 月)。

本年应柏林文化科学交流中心（DAAD）邀请去德国。

1997 年　四十六岁

1 月 3 日，创作诗歌《读雪》(《舒婷诗精编》收入时注明时间为 1997 年 1 月 10 日)。

1 月 8 日，创作诗歌《给东京电脑人回信》。

2 月 1 日至 4 月 20 日于柏林创作组诗《最后的挽歌（七章)》(《舒婷诗精编》收入时注明时间为 1997 年 4 月)。

5 月，《山花》刊有《血缘的分流》。

5 月，《当代作家评论》刊发《审己度人——读张爱玲》。

5 月，《大家》刊发组诗《春日晴好》，包括《柏林的假日》《叫哥哥》《等待》《皂香草》《空房子》《山盟海誓》《春日晴好》。

6 月，《舒婷诗文自选集》作为"作家自选集系列"之一，由漓江出版社出版。

6 月，《人民文学》刊发组诗《都市变奏》(选章)，包括《立春》《惊蛰》《清明》《谷雨》《芒种》《小暑》《立秋》《白露》

《秋分》《霜降》《立冬》《小雪》《冬至》《小寒》。后由《诗刊》1997 年第 11 期转发。

10 月,《厦门文学》刊发《都市节气》。

1998 年　四十七岁

2 月 27 日,创作散文《安安静静孵我的蛋》。

2 月,郝海彦主编的《中国知青诗抄》由中国文学出版社出版,收入舒婷诗六首:《一代人的呼声》《致橡树》《祖国呵,我亲爱的祖国》《这也是一切——答一位青年朋友的〈一切〉》《也许——答一位作者的寂寞》《土地情诗》。其中,《一代人的呼声》标注时间为 1980 年 2 月,《这也是一切》标注时间为 1979 年 5 月。

2 月,《作家》刊发《语言为舵》。同期刊有《自选诗(1992—1997)》。

3 月,《星星》诗刊刊发《蚕眠与虫蜕》(二首)。

3 月,《绿风》刊发《新作二首》。

3 月,《朔方》刊发散文《不发光的羽毛》。

5 月 7 日,创作散文《小河殇》之《邮来的朋友》。

5 月 15 日,创作散文《小河殇》之《干菜岁月》。

5 月,散文集《露珠里的“诗想”》由浙江文艺出版社出版。

6 月,《散文选刊》刊发散文《平常日子平常过》。

9 月,散文集《舒婷影记》作为“红罂粟丛书·珍藏版”之一种,由河北教育出版社出版。

9 月,《海峡》刊发散文《电脑时代,能不食周粟吗》。

12月，《美文》刊发《干菜岁月》。

本年度，《香港文学》刊发组诗《血缘的分流》。

1999年　四十八岁

2月6日，创作散文《姜是老的辣吗？》。

2月，《文学报》刊发《舒婷与一个德国诗人的对话》。

3月3日，创作散文《回老街走走》。

3月10日，创作散文《去壳蜗牛》。

3月，《绿风》刊发《与德国诗人兼编辑的访谈录》。

4月1日，创作散文《好男人都去了哪里？》。

4月8日，创作散文《橡皮人》。

4月9日，《人民日报》刊发散文《为野鸭子而哭》。

4月12日，创作散文《但愿人长久》。

4月，《厦门文学》刊发散文《柏林冬天的二十五朵玫瑰》。

5月5日，创作散文《小河殇》之《小河殇》。

5月，《文学自由谈》刊发随笔《试一试拼盘》。

5月，《散文·海外版》刊发《回老街走走》。

6月，《朔方》刊发散文《心曲千万端，悲来却难说：怀念父亲》。

7月8日，创作散文《今天吃什么好呢？》。

7月，创作散文《在别人的盘子上挑挑拣拣》。

7月，散文集《柏林：一根不发光的羽毛》由花城出版社出版。

7月，《十月》刊发散文《风雪兼程去"卖艺"》。

7 月，《散文选刊》刊发散文《籍贯在泉州》。

7 月，《大众生活》刊发散文《父爱天空下，我是最幸福的那片云》。后刊于《读者》1999 年第 9 期。

8 月，创作散文《大台风来临》。

9 月，《福建文学》刊发散文《中学纪事》。

10 月，创作散文《笑声的魅力》。

11 月 24 日，创作散文《酒香不怕湘西远》。

12 月，创作散文《春天为何如此寂静》。

12 月，《散文选刊》刊发散文《新杞人忧天》。

本年还创作散文《木棉树下》。

2000 年　四十九岁

元旦，创作散文《青春诗会》。

1 月，《文艺争鸣》刊出吴思敬的论文《舒婷：呼唤女性诗歌的春天》。

2 月，诗文集《2000 年文库——当代中国文库精读·舒婷》由（香港）明报出版社有限公司出版。

3 月 13 日，创作散文《嘿，十七岁！》。

4 月，《福建文学》刊发散文《弹指千年》。

4 月，《语文教学与研究》刊发《笑靥千秋》。

5 月 8 日，创作散文《有意栽花无心问柳》。

5 月 10 日，创作散文《抵挡孤独》。

5 月 16 日，创作散文《临别赠言》。

5 月，创作散文《我也是有经济头脑的》。

5 月，《作家》刊发随笔《期刊变脸术》。

5 月，《文学自由谈》刊发随笔《为"诗的韩国之旅"送行》。

5 月，《舒婷文集》由天地出版社出版。

6 月 26 日，创作散文《地平线上的"天堂"》。

6 月，创作散文《不忘露珠的寂静之味》。

7 月，《舒婷的诗》作为"百年百种优秀中国文学图书"之一种，由人民文学出版社出版。

8 月 9 日，创作散文《东北痴人》。

8 月，《中学语文教学》刊发《临别赠言》。

9 月，创作散文《神秘的眺望》，后发表于《百花洲》2000年第 4 期。

9 月，《红岩》刊发《脖子上的母亲》（随笔三则），包括《抵挡孤独》《在没有父母的日子里》《如果我有个女儿》。

9 月，《人民文学》刊发散文《酒香喷染的画卷》。

10 月，《作家》刊发散文《好朋友再见》。

11 月，《作家》刊发散文《从特拉维夫到马萨达》。

11 月，《天涯》刊发散文《母亲手记》。

2001 年　五十岁

1 月 23 日，《中华读书报》刊发散文《望子成人》。

1 月，创作散文《婚姻美咖啡》。

1 月，和儿子陈思合著的散文集《Hi 十七岁——和儿子一起逃学》作为"两代人丛书"之一种，由人民文学出版社出版。

2 月 24 日，创作散文《书斋打食》。

6月19日，创作散文《鱼缸里的幸福生活》。

2002年　五十一岁

1月14日，创作散文《将语言洗净》。

2月12日，创作散文《真正的时间在别处》。

4月20日，创作散文《亲密电脑》。

10月12日，创作散文《我们生活中的动物演员》。

10月，《舒婷的诗》作为"中国当代诗文名家经典"之一种，由时代文艺出版社出版。

2003年　五十二岁

9月11日（中秋节），创作散文《故人如斯明月不再——悼范方》。

10月，创作散文《满载爱情的婚姻之舟》。

10月，《致橡树》作为"20世纪作家文库"之一种，由江苏文艺出版社出版。

本年还创作散文《大红袍记》《恁》。

2004年　五十三岁

6月，创作散文《书祭》。

6月，洪子诚、程光炜编选的《朦胧诗新编》由长江文艺出版社出版，收入舒婷诗作《寄杭城》《致大海》《秋夜送友》《赠》《春夜》《珠贝——大海的眼泪》《船》《呵，母亲》《当你从我的窗下走过》《中秋夜》《自画像》《在故乡的山岗上》《茑萝梦月》《四月的黄昏》《这也是一切——答一位青年朋友的〈一切〉》《思念》《往事二三》《小窗之歌》《也许？——答一位作者的寂寞》《致橡树》《祖国呵，我亲爱的祖国》《流水线》《枫叶》《双桅船》《赠别》《旧宅》《小渔村的童话》《礁石与灯标》《黄昏剪辑》《还乡》《"？。！"》《神女峰》《惠安女子》《会唱歌的鸢尾花》《黄昏星》《阿敏在咖啡馆》《无题》（实为《无题（1）》）三十七首。其中《赠别》标注时间为1980年8月4日，并注明出处。

7月，创作散文《我的常用名》。

10月，创作散文《谁家玉笛暗飞声》，系即将出版的《优雅的汉语——影响了我的两百首诗词》序言。

2005年　五十四岁

1月，《舒婷的诗》作为"中国文库"之一种，由人民文学出版社出版。

1月，《在诗歌的十字架上》作为"中外经典阅读"之一种，由人民日报出版社出版。

4月，由舒婷选编的《优雅的汉语——影响了我的两百首诗词》作为"青少年课外语文读本"之一种，由百花文艺出版社出版，其序言为《谁家玉笛暗飞声》。

10月11日，创作散文《老房子的前世今生》。

2006年　五十五岁

3月，《舒婷诗集》由鹭江出版社出版。

4 月，散文集《心烟·秋天的情绪》作为"中国文学大奖获奖女作家散文卷"之一种，由河北教育出版社出版。

10 月，《舒婷精选集》作为"世纪文学 60 家"之一种，由北京燕山出版社出版。

11 月 22 日，创作散文《诗思如海亦无声》。

本年还创作散文《大美者无言》。

2007 年　五十六岁

1 月，创作回忆性散文《鼓浪屿老歌》，纪念蔡其矫。发表于 2007 年 1 月 11 日《文学报》、《福建作家》2007 年第 1 期、《厦门文学》2007 年第 1 期、《星光》2007 年第 1 期、《大众诗歌》2007 年清明追思诗人蔡其矫专号"告别与永存"。收入李伟才主编的《永远的蔡其矫》时，注明依据刊发于 2001 年 6 月 30 日《厦门日报》的《鼓浪屿老歌》改写而成，题为《关于一首诗的往事：鼓浪屿老歌》。

1 月，诗集《舒婷》作为"中国当代诗人选集"之一种，由人民文学出版社出版。

4 月 24 日，创作散文《真水无香》。

4 月，回忆性散文《当我们坐在短墙剥枇杷》发表于《香港文学》"诗人蔡其矫纪念特辑"，后由《星光》2010 年第 1 期转载，并收入李伟才主编的《永远的蔡其矫》。

5 月 6 日，创作散文《夜莺为何泣血离去》。

8 月 2 日，创作散文《一手拿圣经，一手拿枪》。

8 月 21 日，创作散文《渐行渐远的背影》。

8 月，创作散文《生命年轮里的绿肥红瘦》。

9 月 22 日，福建省作家协会第六次代表大会在福州召开，舒婷当选为福建省作协副主席。

10 月，散文集《真水无香》由作家出版社出版。

10 月，回忆性散文《渐行渐远的背影》发表于《作家》，后以节选形式收入李伟才主编的《永远的蔡其矫》。

2008 年　五十七岁

4 月，散文集《真水无香》获第六届华语文学传媒大奖散文奖，答谢词为《棉布时代的散文书写》，具体创作时间为 2008 年 4 月 6 日。

5 月 25 日，创作散文《闻香识异乡》。

9 月 24 日，创作散文《我们都是你的瓜子儿》。

2009 年　五十八岁

4 月，《舒婷精选集：橡树恋情》由北京燕山出版社再版。

9 月，《一种演奏风格：舒婷自选诗集》由作家出版社出版。

2010 年　五十九岁

8 月 15 日，创作散文《我的海风我的歌》。

2011 年至今　六十岁至今

2011 年 11 月 25 日，中国作家协会第八届全国委员会第一次会议选出新一届领导机构，铁凝连任中国作家协会主席，舒婷等三十人当选为主席团委员。

2012年9月，《舒婷文集·珍藏版》由长江文艺出版社出版，包括《舒婷诗》《舒婷散文》《舒婷随笔》三种。

2013年1月，《舒婷的诗选》（维吾尔、汉对照）由新疆美术摄影出版社出版。

2013年4月28日，连任厦门市文联主席。

2014年6月，《舒婷诗精编》（名家经典诗歌系列）由长江文艺出版社出版。

2014年8月，《舒婷诗集》由华文出版社出版。

2015年11月，散文集《自在人生浅淡写》作为"名家散文经典"之一种，由长江文艺出版社出版。

2016年1月，《我的梨花开遍天涯》由中华书局（香港）有限公司出版。

2016年12月2日，当选为中国作家协会第九届全国委员会委员。

2018年5月，散文集《真水无香——我生命中的鼓浪屿》由作家出版社出版，内容上与2007年版没有区别，但题目有所变化，即将原来在扉页出现的"我的生命之源——鼓浪屿"置于封面，改为"我生命中的鼓浪屿"。

2020年1月，《乡村地理》刊发散文《戴上贞丰的金耳环》。

2020年7月，《闽都文化》刊发散文《失语的石头》。

2020年7月，《读者·校园版》刊发散文《有意栽花，无心插柳》。

后　记

　　经过了三个多月的紧锣密鼓，《舒婷论》终于告一段落。按照截稿的时间，我的工作有些迟了，每想到这些，心里总是有一丝愧疚和不安。

　　《舒婷论》从写作到完工，首先应当感谢"中国当代作家论"丛书主编中山大学谢有顺教授和中国作家出版集团的吴义勤先生，是他们的信任让我可以列入丛书写作的队伍之中，同时还要感谢李宏伟、崔庆蕾两位老师，他们之前曾和我联系，为此书从"开工"到写作都做了许多接洽工作。当然，我还应当感谢本书的主人公舒婷老师和她的先生陈仲义老师，以及她的公子陈思博士。我曾在编写"舒婷主要作品辑录""舒婷文学年表"时求助过他们。舒婷老师一家人都是低调的，对此，我深表理解，并深刻理解了舒婷老师在《真水无香》中提到的鼓浪屿人喜爱清静无嚣、与世无争的生活。我非常羡慕他们的生活状态和对待生活的态度，但一旦明确自己是一个写作者的时候，我又发现这对我来说也许并不是一件"好事"。因为无论是"作品辑录"还是"文学年表"，都过于简单、粗糙了，许多拿不准的内容也不敢贸然写上，遗漏甚至是错误是在所难免的，好在补充的工作可以由以后的时间或是后来的研究者完成。每当想到这些，我心底还能感到一些安慰，尽管这样说会有自己原谅自己的嫌疑。

感谢我的硕士研究生赵硕，本书第五章关于舒婷《真水无香》的分析主要是在其写作的基础上修改而成的，她为本书付出的努力应当在这里得到说明。

感谢阅读这本书的每一位读者！

2018 年 11 月初于沈阳

2020 年 10 月改于沈阳

图书在版编目（CIP）数据

舒婷论／张立群著. -- 北京：作家出版社，2021.11
（中国当代作家论）
ISBN 978 - 7 - 5212 - 1234 - 1

Ⅰ.①舒… Ⅱ.①张… Ⅲ.①舒婷 – 诗歌研究
②舒婷 – 散文 – 文学研究 Ⅳ.①I207.22 ②I207.67

中国版本图书馆 CIP 数据核字（2020）第 251167 号

舒婷论

总 策 划：吴义勤
主 编：谢有顺
作 者：张立群
出版统筹：李宏伟
责任编辑：杨新月
装帧设计：合和工作室
出版发行：作家出版社有限公司
社 址：北京农展馆南里 10 号 邮 编：100125
电话传真：86 - 10 - 65067186（发行中心及邮购部）
 86 - 10 - 65004079（总编室）
E – mail: zuojia@zuojia. net. cn
http: // www. zuojiachubanshe. com
印 刷：唐山嘉德印刷有限公司
成品尺寸：152 × 230
字 数：128 千
印 张：12.25
版 次：2021 年 11 月第 1 版
印 次：2021 年 11 月第 1 次印刷
ISBN 978 - 7 - 5212 - 1234 - 1
定 价：46.00 元

中国当代作家论

第一辑

阿城论　　杨　肖　著　　定价：39.00 元

昌耀论　　张光昕　著　　定价：46.00 元

格非论　　陈斯拉　著　　定价：45.00 元

贾平凹论　苏沙丽　著　　定价：45.00 元

路遥论　　杨晓帆　著　　定价：45.00 元

王蒙论　　王春林　著　　定价：48.00 元

王小波论　房　伟　著　　定价：45.00 元

严歌苓论　刘　艳　著　　定价：45.00 元

余华论　　刘　旭　著　　定价：46.00 元

第二辑

北村论　　马　兵　著　　定价：48.00 元

陈映真论　任相梅　著　　定价：58.00 元

陈忠实论　王金胜　著　　定价：68.00 元

二月河论　郝敬波　著　　定价：45.00元

韩东论　　张元珂　著　　定价：50.00元

韩少功论　项　静　著　　定价：48.00元

刘恒论　　李　莉　著　　定价：45.00元

莫言论　　张　闳　著　　定价：52.00元

苏童论　　张学昕　著　　定价：46.00元

于坚论　　霍俊明　著　　定价：55.00元

张炜论　　赵月斌　著　　定价：46.00元

第三辑

阿来论　　王　妍　著　　定价：49.00元

刘慈欣论　文红霞　著　　定价：50.00元

舒婷论　　张立群　著　　定价：46.00元

徐小斌论　张志忠　著　　定价：52.00元

张大春论　张自春　著　　定价：68.00元